世界科幻大师丛书
主编：姚海军

星际驿站

[美] 克利福德·西马克 著

李天奇 译

四川科学技术出版社

图书在版编目(CIP)数据

星际驿站 /(美)克利福德·西马克 著;李天奇 翻译.
-- 成都:四川科学技术出版社,2023.10
(世界科幻大师丛书 / 姚海军 主编)
书名原文: WAY STATION
ISBN 978-7-5727-1157-2

Ⅰ.①星… Ⅱ.①克… ②李… Ⅲ.①幻想小说 – 美
国 – 现代 Ⅳ.①I712.45

中国国家版本馆 CIP 数据核字(2023)第 209387 号
图进字号:21-2021-51

世界科幻大师丛书

星际驿站

SHIJIE KEHUAN DASHI CONGSHU
XINGJI YIZHAN

丛书主编　姚海军
著　　者　[美]克利福德·西马克
译　　者　李天奇

出 品 人　程佳月
责任编辑　程蓉伟　姚海军
特约编辑　颜　欢
封面绘画　陶　然
封面设计　施　洋
版面设计　施　洋
责任出版　欧晓春
出　　版　四川科学技术出版社
　　　　　成都市锦江区三色路238号　邮政编码610023
　　　　　官方微博:http://weibo.com/sckjcbs
　　　　　官方微信公众号:sckjcbs
　　　　　传真:028-86361756
成品尺寸　140mm×203mm　　印　张　8.625
字　　数　150千　　　　　　插　页　3
印　　刷　四川南方印务有限公司
版　　次　2023年10月第一版
印　　次　2023年11月第一次印刷
定　　价　45.00元

ISBN 978-7-5727-1157-2

邮 购:成都市锦江区三色路238号新华之星A座25层　邮政编码:610023
电 话:028-86361770

1

噪声停止了。硝烟飘成一缕缕细散的灰雾，下方是饱受摧残的大地、破碎的篱笆和被炮火削成牙签的一棵棵桃树。在这短暂的一瞬间，这片方圆数平方公里的土地终于恢复了宁静，尽管降临的并非真正的和平。就在不久之前，人们还满怀着积蓄多年的仇恨，在这里高声嘶吼，互相残杀，在由来已久的争斗中拼个你死我活，然后筋疲力尽地倒下。

那情景仿佛会永远持续下去：震耳欲聋的轰鸣声响彻天际，土壤被炸得四处横飞，战马厉声惊鸣，人们嘶声咆哮；金属呼啸着穿梭而过，以重物落地的闷响作结；火焰熊熊燃烧，钢铁寒光闪闪；鲜艳的旗帜在战场的风中猎猎作响。

然后一切都结束了，徒留一片静默。

但静默这样的异样音符并不属于这片土地、这个时代。它很快就被打断了，取而代之的是呻吟、痛苦、口渴的哀求，还有求死的祈祷。在夏日阳光的照耀下，那些哭泣、呼唤和呻吟会一连持续好几个小时。再过些时候，那些蜷缩的身影会渐渐安静下来，变得一动不动。空中的气味让所有过路人作呕，未来的坟墓也只会是些匆匆挖就的浅坑。

这里的小麦永远不会有人来收割，哪怕到了下一个春天，这里的树木也不会开花。通往山岭的斜坡上是没说出口的话、没来得及做的事，那些血淋淋的尸堆，都大声诉说着死亡的空虚与荒芜。

那些骄傲的名字如今增添了更多荣光：铁旅，新罕布什尔第五步兵团，明尼苏达第一步兵团，马萨诸塞第二步兵团，缅因第十六步兵团。但是，除了这些流传千古的虚名，什么也没有剩下。

除了伊诺克·华莱士。

他仍然握着开裂的步枪，手上满是水泡。他的脸上沾满了炮灰，鞋上黏结着厚厚的尘土和血渍。

他还活着。

2

埃尔文·哈德威克博士将铅笔夹在双掌间来回揉搓,动作让人心烦。他若有所思地打量着桌子对面的男人。

"我想不通的是,"哈德威克说,"你为什么会来找我们。"

"这个嘛,你们毕竟是国家科学院,我想着……"

"你们还是中情局呢。"

"这样吧,博士,如果你愿意,就当这是一次私人会面。就当我只是一个百思不得其解的普通公民,想问问你能否帮得上忙。"

"我也不是不想帮,但恐怕帮不了。这事太模糊,里面有太多假设了。"

"别来那套,"克劳德·路易斯说,"你总不能无视证据——虽然我掌握得不多。"

"那好吧。"哈德威克说,"我们从头开始,一步一步来。你说你发现了一个人……"

"他的名字叫伊诺克·华莱士。"路易斯说,"按真正的时间来算,他已经一百二十四岁了。他一八四〇年四月二十二日出生于威斯康星州,距离米尔维尔市几里远的一个农场,是杰迪戴亚·华莱士和阿曼达·华莱士夫妇的独生子。亚伯拉罕·林肯征召志愿军时,华莱士是第一批入伍的。他加入了铁旅,铁旅在一八六三年的葛底斯堡战役中几乎全军覆没。但华莱士不知怎么幸存下来,换了支军队,跟着格兰特从弗吉尼亚州一路打过去。他还参加了最后的阿波马托克斯之战……"

"你调查过他。"

"我看了他的档案。麦迪逊市的州议会大厦里有他的入伍档案,还有之后的所有文件,包括在华盛顿的退伍记录。"

"你说他看起来只有三十岁。"

"一天都不能再多了,可能三十都不到。"

"但你没和他说过话。"

路易斯摇摇头。

"他可能不是你想的那个人。如果有指纹……"

"内战那些年,"路易斯说,"没人想得到什么指纹。"

"最后一位内战老兵几年前就死了,"哈德威克说,"他好像是联盟军的小鼓手来着。肯定是哪里搞错了。"

路易斯摇摇头,"刚接到这个任务的时候,我也是这么想的。"

"怎么派到你头上的? 中情局怎么会关心这种事?"

"我承认,"路易斯说,"这是有点不寻常。但它确实会带来很多影响……"

"你是说,长生不老?"

"也许我们是这么想过,想过它的可能性,但只是随便想想。我们还有其他考虑。这事透着古怪,值得一探究竟。"

"可是,中情局……"

路易斯咧嘴一笑,"你想问,为什么不让科学机构负责? 从逻辑上说,确实应该那样的。但是我们的人插手了。他本来在度假,有亲戚住在威斯康星州。和华莱士不是同一个地区,离着五十公里吧。他听到了传言——说得非常暧昧不清,也就是随口一提的程度。他就自己去调查了。没发现太多有用信息,但足以让他认为这事值得一探究竟。"

"我就是不明白,"哈德威克说,"一个人要是在同一个地方活了一百二十四年,怎么可能没成为家喻户晓的名人? 你能想象各大报纸会把这故事写成什么样吗?"

"光是想想,"路易斯说,"我就不寒而栗。"

"你没回答我的问题。"

"这解释起来有点困难。"路易斯说,"你得了解乡镇地区的风土人情。威斯康星州的西南角那一带被两条河流围住了,西边是密西西比河,北边是威斯康星河。远离河流的地区是平坦、宽阔的草原,土地富饶,农场和城镇繁荣发展。但靠近河岸的土地崎岖不平,有高山、断壁、深沟和悬崖,还会形成与世隔绝的海湾或小块土地。这些地方没有像样的道路通往外界,里面的农场狭小、原始,住在那里的人与其说是二十世纪的居民,不如说与一百年前的开荒者更相似。当然了,他们有汽车,有收音机,也许不久后还会有电视。但在精神上,他们保守而排外——当然不是所有人,其实只有一小群,就是住在这些孤立社区里的人。

"这些与世隔绝的小地方曾经有过不少农场,但现在,光靠那么个农场可活不下去。生计所迫,这些地方的人相继离开。他们卖掉农场,不管能卖多少钱吧,然后搬到别处去,大部分搬到了城市里,这样至少能挣钱糊口。"

哈德威克点点头,"可想而知,留下来的人就是最保守、最排外的那一群了。"

"没错。现在大部分土地上都不见人影,它们的所有者根本不会费心装出还在种地的样子。他们也许会在土地上养几头牛羊,但也就仅此而已。如果有人需要税务抵免,买这么一片地是个不错的主意。在土地银行①风靡的那段时期,很多土地都抵押给银行了。"

"你是想说,这些乡下人——能这么称呼吗?——他们合谋起来,将此事隐瞒不报。"

---

①指专门以土地作为抵押物向农民提供贷款的一种银行。

"恐怕没有你说的这么正经，"路易斯说，"也没这么复杂。这只是他们做事的方式，开荒者古老忠诚的处世哲学沿袭至今。他们只管自己的事，既不让别人干涉自己，也不会去管别人的闲事。有个人能活一千岁？可能确实是件奇事，但那是他自己的事。如果他想独自生活，不和任何人来往，那也一样不关别人的事。他们也许会私下讨论，但绝不会对外人提起半句。如果有外来者想打探消息，只会招致反感。

"我猜想，过了一段时间，他们就接受了这个事实：他们会变老，但华莱士永葆年轻。新鲜劲一旦过去，他们就算在私底下也不怎么聊起这事了。新一代的人也自然而然地接受了，因为长辈都没觉得有什么奇怪——再说他们也不怎么能见到华莱士，他根本不和其他人来往。

"而周边地区本来就没多少人关心，就算想到这回事儿，也以为那只是传说，一个不值得深究的离奇故事。也许是黑暗山谷那帮人之间流传的笑话，《瑞普·凡·温克尔》[1]式的异想天开，没有一个字是真的。如果有人去调查其中的真相，那他只会成为众人的笑料。"

"但你们的人去调查了。"

"没错。别问我为什么。"

"但你们没让他继续调查。"

---

[1] 十九世纪美国小说家华盛顿·欧文创作的短篇小说，与"山中方半日，世上已千年"情节类似。

"他有其他任务，而且那里的人都已经认得他了。"

"那你呢？"

"我足足花了两年。"

"现在你已经了解整件事的来龙去脉了。"

"算不上全部。现在的疑问比刚开始调查时更多。"

"你见过这个人。"

"见过很多次。"路易斯说，"但我从来没和他说过话。我想他也没有发现过我。每天他都会散步，然后去拿信。要知道，他不会离开自己家的土地半步。邮差会把他需要的东西都送上门。一袋面粉、一磅①培根、一打鸡蛋、雪茄，有时还有酒。"

"这恐怕是违反邮政法的吧。"

"当然。但那儿的几个邮差已经这么干了好多年。只要没人吵着去举报，就什么事也没有。也没人会去举报。那几个邮差恐怕是他唯一的朋友。"

"听起来，这个华莱士也不做什么农活。"

"一点也不做。他种了一小片菜地，仅此而已。那地方基本就是片荒地。"

"但他总要活下去啊，总得有办法谋生吧。"

"他有办法。"路易斯说，"每隔五年到十年的样子，他就会往纽约寄一小袋宝石。"

---

① 英美制重量单位，1磅约为0.45千克。

"合法吗?"

"如果你是想问这些宝石是不是赃物,我想不是。如果有人想认真追查,我想应该还是有违法的地方。很久以前,他刚开始寄的时候,恐怕一切都是合法的。但法律都变了,我想他和买家都已经不知道违反多少条法律了。"

"你不打算追究?"

"我查过那家公司了。"路易斯说,"他们紧张得要命。别的不说,他们占了华莱士不少便宜。我叫他们继续买。我说如果有人来调查,叫他们直接来找我。我让公司里的人当作无事发生,一切照旧。"

"你不想打草惊蛇。"哈德威克说。

"你说的一点没错。我要那几个邮差继续给他当快递员,让纽约的那家公司继续买他的宝石。我想让一切都维持原样。你不用问那些宝石是从哪儿来的,我不知道。"

"他可能有矿。"

"那可得是个宝矿才行。钻石、红宝石、翡翠,都出自同一个矿。"

"我猜,就算那家公司压价压得狠,他的收入恐怕也不低。"

路易斯点点头,"看起来,他只在没钱了的时候寄货。他自己花不了多少钱。从购买的那些食物来看,他生活得相当朴素。但他订阅了大量的报纸和新闻杂志,还有几十种科学期刊。他买了很多书。"

"技术书籍?"

"当然也有,但大部分都是为了了解科学上的新发展。物理学、化学和生物学,诸如此类。"

"但我不……"

"当然。我也不明白。他不是什么科学家。至少可以说,他从来没接受过正规的科学教育。他上学的那个时代没有多少科学教育——至少不是今天我们所说的科学教育。即便他当时学过科学知识,到了现在,它们也已变得毫无价值。他上过小学,是那种只有一间教室的乡镇学校。有一年冬天,他在米尔维尔村的一所学院上了一个学期,那所学院只开了一两年就关门了。也许你不知道,对十九世纪五十年代来说,这样的教育程度已经大大超过平均水平。他当年肯定是个相当聪明的年轻人。"

哈德威克摇摇头,"真了不起。这些你都核实过了?"

"能查到的我都查了。我一直非常小心,不让任何人有所察觉。还有一点,我忘了说:他写了很多东西。他会买那种又大又厚的记录簿,一次买好几十本。墨水也是成升地买。"

哈德威克从桌前站起身来,在房间里左右踱步。

"路易斯,"他说,"要不是你向我出示了证件,我也核实了你的身份,我会把这一切都当成无聊的玩笑话。"

他回到桌边坐下,拿起铅笔,又开始在两掌间来回揉搓。

"你查这件事已经两年了。"他说,"就没有什么猜想吗?"

"一点儿也没有。"路易斯说,"我实在是一头雾水,所以才会来这里。"

"再给我讲讲他的经历。战后的那部分。"

"他还在军队里的时候,"路易斯说,"他母亲过世了。他父亲和邻居把母亲直接葬在了农场里。那时候很多人都这么做。年轻的华莱士申请到了休假,但没能赶上葬礼。那时候尸体的防腐技术还不太普及,交通也不方便。之后他就回去继续参加战斗了。就我所能查到的记录来看,他只请过一次假。他父亲独自一人生活在农场,种田,自给自足。根据我的调查,他种田种得不错,在那个年代来说相当优秀。他订购了几份农业杂志,想法也很超前。他会注意农作物轮作、防止土壤退化之类的事情。以现代的眼光来看,那算不上什么正经农场,但足以养活他自己,还能攒下一笔小钱。

"然后伊诺克从战场归来,父子二人共同打理农场,有一年左右吧。老华莱士买了辆割草机,是那种马拉式的机器,上面装着收割干草或庄稼的切割器。在那时,这东西还挺新潮的。那比用镰刀割可快多了。

"一天下午,老华莱士出门割草,结果拉割草机的马全都跑起来了。肯定是被什么东西吓到了。伊诺克的父亲被甩得从座位上飞出去,摔到了切割器前面。那可不是种安详的死法。"

哈德威克做了个厌恶的苦脸。"可怕。"他说。

"伊诺克出门把父亲的遗体收集起来,带回了家。然后他拿了把枪,去追那两匹马。最后他在草场一角找到了马,开枪把两匹都打死,然后就那么走了。我的意思是,他把马的尸体就那么放着不管。多年来,它们的尸骨一直留在那片草场上,就在他开枪打死它们的地方,仍然拴在割草机上,缰绳都烂得断掉了。

"伊诺克回到家里,把父亲的遗体摆好。他给父亲清洁了身体,套上一身质量上乘的黑西装,将遗体平放在一块木板上,然后在谷仓里造了口棺材。之后,他在母亲的坟墓旁边挖了新坟。挖完时天早就黑了,他是借着提灯完工的。然后他又回到房子里,坐在父亲身边守夜。到了早上,他到最近的人家通知了邻居,邻居又通知了其他人,有人帮他叫了牧师。当天下午临近傍晚的时候,他们举行了葬礼,结束后伊诺克又回到了房子里。自那以后,他就一直生活在那里,但他再也没有种过田。除了一小片菜地。"

"你之前说那儿的人不肯和陌生人交谈,但你还是打听到了不少嘛。"

"我用了两年时间啊。我已经打入他们内部了。我买了一辆破车,想办法在米尔维尔市住下来,然后放出话说我是个人参猎人。"

"你是什么?"

"人参猎人。人参是一种植物。"

"是,我知道。可它已经很多年没有市场了。"

"市场很小,偶尔才会出现。出口商会购买一定的数量。但我也会收购其他药用植物,并且假装自己在植物药用领域学识渊博。也不全是假装的吧,我事先做了大量研究。"

"一个头脑简单的人物,"哈德威克说,"对那里的人来说很好理解。与时代脱节的文化。不会冒犯到任何人。也许脑袋还有点不太正常。"

路易斯点点头,"效果比我想象的还好。我只要四处随便走走,就会有人主动来和我搭话。我甚至还找到了一些人参。特别是费舍尔一家。华莱士家的农场位于悬崖上方的山脊上,费舍尔家则生活在他们下方河谷里的河道边。他们家和华莱士家一样,都是自古就生活在那一带,但两家完全不是一类人。费舍尔一家主要靠捕猎浣熊、钓鲇鱼、酿私酒为生。他们把我当成了同类。我和他们一样,游手好闲,无足轻重。我帮他们酿酒,和他们一起喝酒,偶尔也跟着出去挨家兜售。我和他们一起钓鱼,一起打猎,和他们坐在一起聊天。他们给我介绍了一两个能找到人参的地方——他们管那叫'老参'。在社会学家眼里,费舍尔一家恐怕是座金矿。他们家有个女儿,是个聋哑人,但长得很漂亮,能作法让皮肤疣掉落……"

"我知道你说的那种类型,"哈德威克说,"我就是在南部山区出生长大的。"

"就是他们一家人给我讲了马和割草机的事。所以我就找了个机会,去华莱士家草场的那个角落挖了挖。我挖出了马的头骨,还有一些其他骨头。"

"但没法确定那是不是华莱士家的马。"

"也许吧,"路易斯说,"但我还发现了割草机的一部分。残留下来的部分不多,但足以辨认。"

"还是回到他的个人经历吧。"哈德威克提议道,"父亲死后,伊诺克继续住在农场。他没搬家?"

路易斯摇摇头,"他住在同一座房子里。什么都没有变。那房子也和他本人一样,根本不受时间影响。"

"你进去过了?"

"我去了,但没能进去。我这就告诉你是怎么回事。"

3

他有一个小时的时间。他知道自己有一个小时，因为在过去十天里，他一直在为伊诺克·华莱士计时。从华莱士出门到取信回来，这段时间从来不会短于一个小时。如果邮差迟到了，或者他们聊了会儿天，时间还能更长一点。但能确保的只有一个小时。路易斯这么告诉自己。

华莱士的身影已经消失，沿着山脊的斜坡走向了远处的岩石堆。石堆背后就是悬崖，悬崖下方是奔流的威斯康星河。华莱士会爬到石堆上，把步枪夹在腋下，遥望人迹稀少的河谷。然后他会爬下石堆，沿着树木繁茂的小道跋涉，走到每年适季时都会长出粉红杓兰的地方。在那里，他会再往山上爬，来到山腰淌出的小溪边，小溪上方的那块田地已经有一个多世纪没有被开垦过了。越过小溪后,他会沿着山坡继续往上走,抵达几乎已被杂草覆盖的小路,沿路走到邮箱前。

路易斯已经监视他十天了,在这十天里,他的路线一次都没有改变过。路易斯认为,这条路线恐怕已经很多年没有变过了。华莱士走得一点也不急。他走路的样子仿佛拥有世上所有的时间。他还会不时停下来,拜访一些老朋友:一棵树,一只松鼠,一朵花。他是个不畏艰险的人,举手投足间仍有不少军人的影子,在许多将领手下打仗的艰苦岁月留下的习惯延续至今。他走路时总是昂首挺胸,步伐间透露着艰苦行军过的人所独有的轻松。

路易斯从繁乱的树丛间钻了出来。这里曾经是一片果园,留下的几棵树扭曲虬结,树干经过多年的岁月已经灰白,枝上仍然结着又小又苦的苹果。

他在树丛边上停住脚,抬头对着山脊上的房子端详片刻。一瞬间,他觉得那房子仿佛笼罩在特殊的光芒之中,仿佛是太阳发射出的、经过提炼的罕见光线,穿过空间的沟壑照在这座房子上,将它与世界上所有其他房子区别开来。在这样的特殊光线中,这座房子看起来不似尘间之物,仿佛确实与众不同。下一秒,那从来没存在过的特殊光线消失了,照在房子上的仅仅是普照田野与森林的普通阳光。

路易斯摇摇头,告诉自己想多了,也许是视线的错觉。根本不存在什么特殊的阳光,这座房子也只是一座保存得非常完好的房子。

这种样式的房子如今已经不太常见了。它是长方形的,又长又窄又高,屋檐和屋脊上有老式的姜饼式花纹雕刻。整座房子弥漫着一种沧桑的气质,那与岁月无关,从建成的那一天开始,它就一直是沧桑的——沧桑朴素,又坚韧结实,正如住在这里的人一样。但不管如何沧桑,它仍然整洁、挺拔,没有剥落的油漆,没有褪色、变形,也没有一丝岁月腐蚀的痕迹。

房子的一端紧靠着另一间小屋,那儿简陋得像个窝棚,仿佛是从别的地方随随便便拉过来的,搭在房子一头,挡住了原本的侧门。路易斯心想,这扇门可能通往厨房。这间棚子显然曾经是用来挂户外衣物、存放胶鞋和靴子的地方,里面可能有条长凳,用来摆放牛奶罐和水桶,说不定还有用来捡鸡蛋的篮子。棚顶上的烟囱管大约有一米长。

路易斯向房子走过去,绕过棚子,发现它侧面有扇虚掩的门。他踩到门阶上推开门,望着房间里的景象,瞪大了眼睛。

这并不是一间简陋的窝棚。很明显,这就是华莱士生活的房间。

在户外看到的烟囱管连接着角落里的炉灶。灶台模样陈旧,体积比带烤箱的老式一体式炉灶还要小。炉子上摆着咖啡壶、炒锅和平底锅。炉子后面竖着块木板,上面用挂钩挂着一些厨具。炉灶对面是一张双人尺寸的小型四柱床,上面铺着一床厚薄不均的被子,上面的装饰图案由许多五颜六色的布块缝成,是一个世纪前深受女士欢迎的风格。房间另一角摆着一套桌椅,桌边的墙上挂了个开放式的小搁架,里面堆着碗碟。桌上有盏煤油灯,已经用得破旧不堪,但灯罩非常干净,仿佛今早刚刚擦洗过一样。

这里没有通往房子的门,也没有曾设置过门的痕迹。房子外墙的护墙板就是窝棚的第四面墙,护墙板上毫无缝隙。

这实在不可思议,路易斯心想。这里居然没有门,华莱士居然选择住在这间窝棚,而不是住在房子里。感觉就像他有什么原因不能待在房子里,但也不能离它太远。又或者,这是某种苦修?他生活在这间窝棚里,就相当于中世纪的隐士生活在森林小屋或沙漠岩洞里。

路易斯站在窝棚中央环顾四周,想找到一些线索,来解释这一奇特的情况。但他什么也没有发现。眼前只有华莱士清苦生活的痕迹,除了最低程度的必需品,别无其他——做饭取暖的炉灶、睡觉的床、进餐的桌椅,还有照明的灯。帽子只有一顶(转念想来,华莱士从来没戴过帽子),大衣也只有一件。

这里没有杂志和报纸,可华莱士每次拿信都不会空手而归。他订阅了《纽约时报》《华尔街日报》《基督科学箴言报》《华盛顿明星报》,还有许多科技类报刊。但窝棚里一份报刊也没有,和他买过的那些书籍一样不见踪影。也没有记录簿,这里没有任何东西能用来写字。

路易斯心想,这间窝棚也许只是用来掩人耳目的伪装。出于某种他猜不到的理由，华莱士仔细地搭好这个舞台，误导他人相信他就住在这里。也许他其实住在房子里。然而，如果真是这样的话，他又何必花这么大心思来营造这样的假象呢？毕竟这假象并不难看穿。

路易斯转身走出了窝棚，从房子外侧绕到了正门前。他没有直接走上通往门廊的台阶，先站住抬头打量了一番。四下寂静无声。朝阳已经升到半空，气温逐渐上升。世界的这一隅舒缓静谧，等待着热浪的来临。

路易斯看了眼表，还有四十分钟。于是他走上台阶，穿越前廊，站到了大门前。他伸出手，握住门把一转——但门把纹丝不动，只有他紧握的手指顺着转动的姿势划了道弧线。

路易斯迷惑不解地又转了一次，门把依然毫无动静。门把上仿佛覆盖着坚硬、光滑的涂层，比如一层薄冰，他的手指从上面滑过，对把手完全施不上力。

他俯身将脸凑近把手，想看看上面是否有这样的涂层，然而什么也看不出来。把手的模样十分正常——或者说，有点过于正常了。它非常干净，仿佛有人做过清洁，将它擦得锃亮。上面一尘不染，也没有风吹雨打的痕迹。

他用指甲在上面划了一下，指甲同样滑开了，没有留下一丝划痕。他伸手摸了摸大门，木头也是滑溜溜的。他的手掌根本没有感受到任何摩擦力，仿佛是涂了润滑油，但根本没有可见的油渍。他看不出任何东西能解释这种光滑。

路易斯转去摸旁边的护墙板,护墙板也同样光滑。他用手掌和指甲都试了试,结果是相同的。有某种东西覆盖着整座房子,让它无比平滑,平滑到连灰尘都无法黏附上去,风雨也留不下任何痕迹。

他沿着门廊前进,来到一扇窗前。他面对着窗户,这才注意到之前全没留意的一点,正是这一点让房子显得格外沧桑:窗户是黑色的。上面没有窗帘,不管是垂帘还是卷帘。窗户只是一个单纯的黑色长方形,仿佛骷髅头上空洞的眼窝。

他靠近窗口,将脸贴上去查看,并且抬手遮在脸侧挡住阳光,却依然无法望见室内的景象。他所注视的只是一片黑暗。奇特的是,这黑暗完全没有反射效果,玻璃上根本没有映出他的身影。除了这片黑暗,他什么也看不见,射在窗户上的光线仿佛都被它吸收消弭了。一旦抵达这扇窗户,光线就再也无法反射回来。

路易斯走下门廊,缓步绕着房子走了一圈,一边走一边观察。所有窗户都是漆黑一片,将光线悉数捕获、吞噬。房子的所有表面都坚硬光滑。

他用拳头捶打护墙板,感觉就像在击打石头。他检查了地下室露在外面的墙体,这部分也同样平滑无比。石块之间有一些灰泥填补的缝隙,石块表面也有肉眼能看出的凹凸,但滑过墙面的手却没有任何粗糙的触感。

有种看不见的物质覆盖于石头粗糙的表面之上,恰到好处地填补了所有裂缝和凹凸。然而，没有人能看出那是什么，这物质仿佛没有实体。

路易斯检查完墙面，站直身体看了眼表。只剩十分钟。他得抓紧了。

他下坡走向荒废的果园。即将跨入果园时，他站住脚回过头，发现整座房子都变了。它不再仅仅是一座建筑物。此刻的它有了人格，带着嘲讽的表情，内部仿佛涌动着恶毒的咯咯笑声，随时可能爆发出来。

路易斯一头钻进果园，在树丛间艰难地穿梭。树丛间没有道路，树下杂草丛生。他躲过下垂的树枝，绕开一棵多年前被风暴连根拔起的树。

他一边走，一边伸手摘下一颗又一颗的苹果，每颗咬一口就扔在一边。它们又小又酸，没有一颗适于食用，仿佛从这荒芜的土壤中汲取的只有最基本的苦味。

到了果园另一侧，他发现了篱笆和篱笆围绕的墓园。这里的杂草没有那么高了，篱笆上有近期修补过的痕迹。三处坟头都竖着做工粗糙的墓碑，由本地出产的石灰岩刻成。坟墓边各种有一丛牡丹，多年无人修剪，都长成了纠结繁乱的一大片。

路易斯站在饱经风吹雨打的栅栏前，心里明白，这就是华莱士家族墓园。

但这里应该只有两座坟墓。第三座是谁的？

他沿着篱笆走到几近坍塌的门前,走进了墓园。他走到坟墓边,读着墓碑上的铭文。上面刻的字样方正粗糙,一看就出自外行人之手。上面没有宗教祷文,没有诗句,也没有十九世纪六十年代流行的天使、羊羔或其他象征性图案,有的只是姓名和日期。

第一块石头上刻着:**阿曼达·华莱士 1821—1863**

第二块石头上刻着:**杰迪戴亚·华莱士 1816—1866**

而第三块石头——

4

"铅笔借我用一下。"路易斯说。

哈德威克停下双掌摩挲铅笔的动作,把笔递了过去。

"纸也要吗?"他问。

"也要。"路易斯说。

他俯身在桌上飞快地画了起来。

"给。"他将纸递回去。

哈德威克皱起眉头。

"看不出什么意义啊。"他说,"除了底下那个图案。"

"侧躺的'8'。是,我知道。这是代表永恒的符号。"

"剩下的呢?"

"不知道。"路易斯说,"墓碑上刻的就是这些。我全都临摹了下来……"

"你现在不用看也能背得出来。"

"没错。我都研究这么久了。"

"我这辈子从来没见过这样的图案。"哈德威克说,"不过我也不是什么权威,我对这个领域知之甚少。"

"放心吧,没有人见过这样的图案。它和已知的所有语言和铭文都毫无共同点。我已经问过精通这方面的人了,不止一个,我问了十几个。我说是在悬崖上发现的。恐怕他们大多人都认为我是个疯子,想证明有人在哥伦布之前就已经来过美洲大陆的那种。罗马人啊,腓尼基人啊,爱尔兰人啊。"

哈德威克放下了手里的纸。

"你说现在的问题比调查前还多,我现在明白这话的意思了。"他说,"不只是有个年轻人活了一百多年,还有光滑的房子,无法辨认碑文的第三座墓碑。你说你从来没和华莱士说过话?"

"除了邮差,没人和他说过话。他每天定时出门散步,还带着枪。"

"大家都不敢跟他打招呼?"

"你是说,因为他手里的枪。"

"嗯,是,我确实有这个意思。不知道他为什么要拿枪。"

路易斯摇摇头,"不知道。我也尝试过寻找线索,调查他持枪的理由。就我所知,他从来没有真的开过枪。但我并不认为其他人是因为他持枪才不跟他说话。他是个与时代脱节的人,生活习惯完全来自另一个年代。我可以肯定的是,其他人并不怕他。他在那里生活太久了,大家对他太熟悉,没什么可害怕的。他已经是土地固有的一部分,就像一棵树、一块岩石。但也没有人能轻松地与他来往。我想大多数人与他面对面都会觉得不自在。因为他与普通人不一样——他是一种比其他人都更宏大的存在,但同时也更渺小。他仿佛抛弃了人类的身份。我想,他的很多邻居私下都会觉得这个人的存在不是什么光彩的事。因为他也许是在无意之间逃过了变老这件事,而这既是生而为人的惩罚,也是生而为人的权利。也许,这种无法说出口的羞耻感也是他们不愿谈及这个人的原因之一。”

“你监视他很久了?”

“之前我会自己去。现在有一小队人负责,定时换岗。我们有十几个固定的监视地点,地点也会不停变动。无论哪天的哪个时间,华莱士家都在我们的监视之下。”

“你们对这件事真的很上心。”

“我认为理由已经足够充分。”路易斯说,“还有一件事。”

他俯身拿起之前放在椅边的行李箱,打开后取出一捆照片,递给了哈德威克。

“你怎么看这些照片?”他问道。

哈德威克接过照片,突然僵立当场,脸上变得全无血色。他的双手开始发抖。他将照片小心地放回桌上。他只看了摆在最上面的那一张,还没看底下那一捆。

路易斯看出了他的疑问。

"在坟墓里。"他说,"有奇特图案的那一座墓碑下面。"

5

留言机尖声叫了起来。伊诺克·华莱士放下正在写的本子,从书桌前站起身,穿过房间走到机器前。他按了个按钮,拍了个按键,尖鸣停止了。

机器嗡嗡作响,信息在留言板上逐渐浮现。一开始很淡,随即越来越深,直到字迹清晰可辨。上面写着:

致18327号站的406301号信息。旅客于16097.38抵达。来自右枢六。无行李。3号液罐。27号溶液。于16439.16出发前往12892号站。请确认。

伊诺克抬头看了眼墙上巨大的银河系精密时钟。还有近三个小时。

他按了个按钮，一张印有这段信息的金属薄板从机器侧面吐了出来。它下方的复刻件被自动送入了刻录匣。机器嗡嗡作响，留言板重新变得空白一片，等待下一条信息的来临。

伊诺克抽出金属薄板，将刻录双轴穿过薄板上的小洞固定好，手指在键盘上敲下：**收到406301号信息。暂时确认。**这两句话浮现在金属板上，他放着留言板没动。

右枢六？他想着，以前有过来自那里的访客吗？等手头的杂事都干完，他就去档案柜里查查看。

这次的访客会用到液罐。普遍而言，这种类型的客人最无聊。一般情况下，他很难与这类客人交谈，因为他们所说的语言往往难到无法理解。除此以外，他们的思维过程往往也过于发散，很难找到可以交流的话题。

不过，伊诺克想起来，也并非每个液罐访客都这样。几年前，曾有一位来自冥卫三（还是毕星团？）的液罐访客与他彻夜长谈，最后他差点忘了及时将对方送走。他们滔滔不绝地互相讲述，争先恐后地交流着（那并不能描述为"说话"），在短暂的时间里建立了深厚的友谊，几乎情同手足。

他或她或它——他们没来得及就这个话题进行讨论——之后再也没来过。事情一向如此，伊诺克心想。很少有谁会来第二次。绝大多数都只是路过罢了。

但他已经将他或她或它,白纸黑字地记录在案。对于来过的旅客,他全都一个不落、白纸黑字地记了下来。他还记得,那位旅客离开后,他几乎整整一天都趴在书桌前,将一切书写下来:他听到的故事,对遥远而美丽的王国那令人焦心的匆匆一瞥(令人焦心是因为有太多他无法理解的内容了),他和那位奇形怪状、扭曲又丑陋的外星生物之间涌动的温暖和友情。只要他愿意,无论什么时候,他都可以从成排的记录簿中取出当时的那一册,重温那个夜晚。但他从来没有这样做过。说来也怪,他心想,自己从来都没有时间翻阅这些年写下的记录。或者说,他从来没有找到过合适的时间。

他从留言机前转过身,将一个三号液罐旋转着推到物化机下方,找准地方,锁定了位置。然后他拉出伸缩管,把选择指针拨到二十七号。填满液罐后,他放开伸缩管,让它自动收回墙里。

他回到留言机旁,清除了金属板上面的信息,重新发出确认,一切都已为来自右枢的旅客准备就绪。收到另一端的确认回复后,他将机器调回中立档,准备好接受下一条信息。

然后他走到书桌边的档案柜前,打开了装满索引卡的抽屉。他找了一会儿,找到了右枢六的词条,对应的日期是一九三一年八月二十二日。他走到房间另一侧,那里有整墙的书架,上面的书籍和报刊摆得密密麻麻。他找到了想要的记录簿,拿着它回到了书桌前。

找到一九三一年八月二十二日的记录后,他发现,那天是个比

较清闲的日子。当天的旅客只有来自右枢六的那一位。他小而潦草的字迹布满了几乎一整页,但涉及那位旅客的只有短短一段话:

今日来访的是【他如此写道】来自右枢六的一坨东西。只能这么形容它了。它是一团物质,可能是肉。它的形状可能在进行周期变化,一会儿是球形,然后变得越来越扁,最后平摊在液罐底部,有点像煎饼。然后它开始收缩,逐渐聚集起来,又变回球形。这种变化相当缓慢,而且肯定是周期性的,但这只是指形状的变化过程。这周期性与时间无关。我给它计时,没能发现时间上的规律。最短一次变形用了七分钟,最长一次用了十八分钟。也许在更长的时间线上存在着周期规律,但我没那个时间。语义翻译器不起作用,它对我发出了一系列尖锐的咔咔声,仿佛是爪尖一张一合发出的撞击声,但它身上没有爪子。我查了超感手语手册,发现它是想说它平安无事,不需要照顾,请我就这样放着它不管。于是我照做了。

在记录最后所剩无几的空白处,还有一行密密麻麻的小字:参见一九三一年十月十六日。

伊诺克翻到十月十六日的记录,看到这是尤利西斯来视察站点的日子。

当然了,他的名字不叫尤利西斯。实际上,他并没有名字。他们的种族根本不需要名字。他们自有一套辨别身份的术语,比名字所表达的意义丰富多了。但人类无法掌握这套术语，别提使用了，就连这套术语的概念都很难理解。

"我就叫你尤利西斯吧。"伊诺克记得，第一次见面时他这样说，"我总得用个词来称呼你。"

"可以。"那个陌生的生物说（他从此就不再是陌生的了），"能问问为什么叫尤利西斯吗？"

"这是我们种族里一个伟人的名字。"

"很高兴你选择了这个名字。"得到了命名的生物说，"在我听来，这名字庄严、高贵。在你面前，我很乐意使用这个名字。我就叫你伊诺克吧，按照你们星球上的计时法算，我们两个还会共事许多年。"

确实是很多年，伊诺克心想。记录簿打开的这一页已经是三十多年前的十月份了。这些年里，他的人生如此充实而丰富。要不是亲身经历，这实在难以想象。

他心想：这样的情况还会一直持续下去，比已经度过的岁月还要漫长得多，几个世纪，上千年。一千年之后，他又会学到什么？

但他又想，知识也许并不是最重要的。

他很清楚，说不定已经没有未来了。干扰因素已经出现。有人在监视他，也许不止一个。要不了多久，对方恐怕就会开始逼近。至于威胁会怎样来到、到来时如何应对，在事情实际发生前，他都毫无头绪。可以说，这是注定会发生的事。这些年里，他时刻准备好了迎接它的到来。这种情况至今还没出现过，才是值得奇怪的事情。

第一次与尤利西斯见面时，伊诺克就提及过这种风险。那时他正坐在通往门廊的台阶上。现在想起来，那段回忆鲜明得仿佛一切就发生在昨天。

6

他坐在台阶上，时间已经接近傍晚。他眺望着河流另一侧，在艾奥瓦群山上空大片堆积的白色雷雨云。天气闷热，一丝风都没有。谷仓的空地上有五六只脏兮兮的鸡无精打采地四处刨来刨去，感觉只是走走过场，并没希望能找到什么吃食。麻雀在谷仓的三角墙和道路对面田野边界的忍冬丛间飞来飞去，拍翅的声音刺耳、干瘪，仿佛羽毛在高温中变得僵硬不堪。

而自己就干坐在这里，伊诺克心想，就这么好整以暇地眺望着雷雨云，全然不管手头的活计——玉米地要犁，干草要运到室内去，还有小麦要收割。

不管发生了什么，人总要生活，总要尽己所能，一天一天地过下去。他提醒自己，在过去几年里，他本该已经把这教训铭刻于心。但战争和这里发生的事又有所不同。在战场上,你知道会发生什么,在实际发生时也有心理准备,而这里并不是战场。这里是他回归的和平日常。在和平的世界里,一个人总该有权期待和平能将暴力和恐怖都抵挡在外。

现在他孤身一人,比以往任何时候都要孤独。现在也许是一个新的开始。正因为是现在,才必须有一个全新的开始。可是不管这个新开始是在农场的田地间,还是在其他什么地方,这仍然是个充满苦涩与悲痛的开始。

他坐在台阶上,双手搭在膝盖上,望着西边天空中堆积的雷雨云。也许会下雨,大地需要这场雨。也许不会下雨,因为在河流交汇的河谷上空,气流总是很不稳定,无法判断积雨云会飘向哪里。

他一直没注意到旅人的存在,直到对方走进农场大门。旅人又瘦又高,风尘仆仆,看起来已经走了很远的路。他沿着小路走过来,伊诺克坐在原地望着他,没有打算起身。

"你好啊,先生。"最后伊诺克说,"这天气热得不适合走路。你坐下歇歇吧。"

"我很乐意。"陌生人说,"但首先,能让我喝口水吗?"

伊诺克站了起来。"跟我来。"他说,"我打点新鲜的水给你。"

他穿过谷仓前的院子,来到水泵边。他把瓢从挂钩上取下来,递给对方,然后抓住水泵的手柄上下按压。

"让它流一会儿再喝。"他说,"要过一会儿才会出凉水。"

水从水管中流了出来,淌在用来覆盖井口的木板上。随着伊诺克按压手柄的动作,水流一阵一阵地往外喷。

"你觉得会下雨吗?"陌生人问道。

"说不好。"伊诺克说,"只能等等看了。"

这位旅人身上有种让他不太舒服的东西。他说不好那具体是什么,但就是有种古怪劲儿,让人隐隐不安。他一边打水,一边细细打量对方,最后认定是因为陌生人耳朵顶上的轮廓有点太尖了。但当他定睛细看,它们又变正常了,那恐怕是他多心。

"我想水应该够凉了。"伊诺克说。

旅人放好瓢,等里面装满水,伸手递给伊诺克。伊诺克摇摇头。

"你先喝吧。你比我更需要。"

陌生人大口喝了起来,发出吸溜吸溜的声音。

"再来一瓢?"伊诺克问。

"不用了,谢谢你。"陌生人说,"但我可以帮你接一瓢,如果你愿意。"

伊诺克打着水,陌生人等瓢灌满了,拿起来递给他。水很凉。伊诺克这才意识到自己有多渴,一口气喝到瓢底。

他将瓢挂回原处,对陌生人说:"好了,回去坐下吧。"

陌生人咧嘴一笑。"我确实需要坐一会儿了。"他说。伊诺克从口袋里抽出一条红色头巾,擦了擦脸。"下雨前,"他说,"空气可闷了。"

伊诺克擦着脸,突然意识到这位旅客到底是什么地方让自己不舒服了。尽管他的衣服脏兮兮的,鞋上也满是灰尘,说明他已经走了很久。尽管雨前的天气如此闷热,他却完全没有出汗。他看起来十分清爽,仿佛一直躺在春天的树下乘凉。

伊诺克把头巾塞回兜里,两人走回台阶上并肩坐下。

"你走了很远吧?"伊诺克客气地打探道。

"确实很远。"陌生人说,"我离家已经十万八千里了。"

"还要走很远吗?"

"不。"陌生人说,"我应该已经抵达了目的地。"

"你是指……"伊诺克没把疑问说出口来。

"我是指这里,"陌生人说,"坐在这些台阶上。我在找一个人,我想那个人就是你。我不知道那人的名字,也不知道应该去哪里找,但我知道我迟早会找到。"

"我?"伊诺克很是震惊,"为什么要找我?"

"我要找的人有很多特点。其中一点是,他必须曾经眺望星空,好奇它们是什么。"

"是,"伊诺克说,"我是这样的。在战场上露营的时候,有许多个夜晚,我裹在毯子里望着天空,望着那些星星,想知道它们是什么,是怎么放上去的,还有更重要的是,为什么要把它们放在那里。我听人说过,每颗星星都和照耀地球的太阳一样,它们就是一颗颗小太阳,但我不知道是不是这样。我想恐怕没有人了解关于星星的全部。"

"你是说，"陌生人说，"可能有些人了解得不少？"

"比如你。"伊诺克有些揶揄地说，陌生人看起来并不像一个知识丰富的人。

"嗯，我。"陌生人说，"但还有很多人比我了解得更多。"

"有时候我会想，"伊诺克说，"如果星星都是太阳，那也许还有别的星球，别的种族。"

记得有天晚上他坐在篝火旁，为了打发时间，与其他人闲聊。他提起可能有其他星球绕着其他太阳旋转，上面生活着其他种族。听到这些，大家对他嗤之以鼻，之后好几天都在拿他开玩笑，从此他再也没有提起过这个念头。这倒也没什么关系，因为他自己也不完全相信这种假说，那不过是篝火旁的异想天开罢了。

而现在，他对一个完全不认识的陌生人提起了这个想法，连他自己都不知道为什么。

"你真的这么认为？"陌生人问道。

伊诺克说："只是空想罢了。"

"不算是空想。"陌生人说，"有其他星球，也有其他种族。我就是。"

"可你……"伊诺克叫道，下一秒就惊骇得发不出声音。

陌生人的脸开裂脱落，下面出现的是不属于人类的另一张面孔。

就在虚假人脸从另一张面孔上片片剥落的时候，一道巨大的闪电在空中噼啪划过，轰鸣的雷声足以撼动大地，远处传来了冲刷群山的哗哗雨声。

7

　　那就是一切的开始，伊诺克心想，那已经是一百年前的事了。篝火旁的空想已经变成了事实，地球现在已经加入了银河系的航行图，是许多种族星际旅行时的驿站。他们曾是外星异客，但现在已经不是了。没有谁是异客。无论外表怎样，目的为何，所有种族都是同属这个星系的成员。

　　他又望向一九三一年十月十六日的记录，快速翻了一遍。临近结尾有这样两句话：

　　尤利西斯说右枢六号行星的人是银河系中首屈一指的数学家。他们开发出的数字系统比其他所有种族的都先进，在处理统计数据方面尤为突出。

他合上记录簿，静静地坐在椅子里，心想：不知道开阳十的统计学家知不知道右枢人的成就。应该知道吧，他心想，因为他们所用的数学方法里有不少超越常规的地方。

他将记录簿推到一边，从书桌抽屉里拿出自己的图表。他将图表在桌面上展平，仔细研究起来。要是能确定就好了，他心想，要是他对开阳星统计学的了解再多一些就好了。在过去十几年里，他一直在努力钻研这张图表，对照开阳星系统查了又查，测试了一遍又一遍，以检验他用的参数是否正确。

他举起拳头，狠狠地砸在桌上。如果能确定，那该有多好啊。如果他能找谁商量商量，那该有多好啊。但那是他一直以来极力避免的事，因为这就相当于暴露了人类最大的弱点。

他仍然是个人类。真奇怪，他心想，他居然至今仍是人类。经过与无数星球一个多世纪的来往，他竟然仍是地球的居民。

毕竟，他与地球在很多方面都已经断了联系。没有人会和他说话，老温斯洛·格兰特是唯一的例外。邻居都躲着他。除此之外就没有人了，除非把监视者也算上，但他只会偶尔瞥见他们的身影，和他们曾待过的痕迹。

只有老温斯洛·格兰特、玛丽和暗处的潜伏者会陪他共度一段孤独的时光。

在地球上，他所拥有的就只有这些，老温斯洛和监视者，还有房子外面的数顷农田。连房子也不算数,房子已经是异星的存在了。

他闭上眼睛,回忆起这座房子以前的样子。他坐着的这个地方曾经是厨房,角落里是体积庞大的黑铁壁炉,铁栅的缝隙间露出火焰的獠牙。墙边是他们三人一起吃过饭的桌子。他还记得那张桌子的模样,上面摆着醋瓶和放勺子的玻璃罐,玻璃转盘上是芥末、山葵和辣酱的调料组合,像装饰品似的摆在红格桌布的正中间。

某一个冬夜,他可能三四岁,母亲在炉边忙着煮饭。他坐在厨房中央的地板上玩积木,能隐约听见风在檐下呼啸着徘徊。父亲在畜棚挤完奶后进了屋,带进一阵风和一串飘扬的雪花。他关上门,风雪就都被阻挡在外,被流放于漆黑狂野的夜晚。父亲将奶桶放到厨房的水槽上,伊诺克看到他的胡须和眉毛上都盖着一层雪,腮胡上还结了霜。

那幅景象至今仍印在他的脑海里,三个人仿佛博物馆里的历史人物模型:父亲穿着高至膝盖的皮靴,腮胡上结着霜;母亲的脸颊因忙碌而通红,头上戴着蕾丝帽;他自己在地板上玩积木。

还有另外一段记忆,也许比其他回忆都要真切。桌上有一盏很大的台灯,灯后的墙上有一本挂历,灯光如聚光灯般聚焦在挂历的插画上。画上是圣诞老人,拉着雪橇从林间小道上穿过,所有森林居民都跑出来目送他。一盏圆月挂在树梢,地上堆着厚厚的积雪。一对兔子坐在一旁,深情地注视着圣诞老人。一头鹿站在兔子旁边。浣熊站得稍远,条纹形状的尾巴卷在脚边。松鼠和山雀肩并肩站在悬空的树枝上。圣诞老人高高扬起鞭子向大家致意,脸颊红彤彤的,笑容满面。拉雪橇的驯鹿精神饱满,骄傲十足。

漫长的年月中,这位十九世纪中期的圣诞老人一直坐在雪橇上,行驶在布满积雪的时间之路上,高扬着鞭子,向森林居民快乐地打招呼。金黄色的台灯光一直伴随在他左右,将墙面和红格桌布照得一片明亮。

伊诺克心想,有些东西确实经久不衰:记忆和思绪,儿时风雪冬夜中温暖的厨房。

但经久的是精神和头脑,其他一切都已不复存在。现在已经没有厨房,也没有摆着老式沙发和扶手椅的客厅,没有放着锦缎丝绸抱枕的后厅,也没有一层的客房和二层的主卧。

那些都消失了,现在只有一个房间。二层的地板和隔墙板全都拆了个干净,现在整座房子就是一个完整的房间。一侧是银河驿站,另一侧则是驿站管理员的生活空间。角落里有一张床,此外还有依照地球规律运转的炉灶和外星制造的冰箱。靠墙有成排的柜子和架子,上面堆满了书籍、报刊。

只有一件东西还保持着原样,伊诺克没让搭设驿站的外星施工队把它拆走——原本靠着客厅墙面的巨大壁炉,它的砖块和石头都还是原来的。壁炉还伫立在这里,作为仅存的地球物品,纪念着昔日的岁月。壁炉台是一块完整的橡木,上面还残留着一些刻痕,是父亲当年用巨斧从一棵巨大的橡树上砍下来,又用刨子和木工刮刀手工磨平的。

壁炉台、架子和桌子上散落着一些零碎物品和工艺品,都不是地球的造物,在地球语言里也没有名字。这都是多年来,友好的旅客们留下的小礼物。有些实用,有些则纯供观赏,还有些一点用途都没有,要么就是不适用于人类,要么就是在地球上无法使用。还有许多伊诺克也不知道有什么用的东西,只能结结巴巴地不住道谢,尴尬地接受热情旅客的馈赠。

房间另一侧是台庞大复杂的机器,从地面一直延伸到开放的二层空间,负责接送在星际间穿梭的旅客。

伊诺克心想,这就是一间旅馆,一个落脚处,银河的十字交叉路口。

他将图表卷好,收回抽屉里。记录簿则摆回原位,回到架子上众多记录簿之间。

他望了眼墙上的银河系时钟,到时间了。

他将椅子推到桌旁,穿上搭在椅背上的夹克,然后从墙上的支架上取下步枪,面对着墙,念出一个词。墙无声地滑开了,他走进那间几乎没有家具的窝棚。墙又在他身后滑回原处,看起来就只是一堵普通坚实的墙。

伊诺克走出窝棚。季节正值夏末,天气晴朗宜人。他心想,再过几周就要入秋了,空中会开始弥漫一股特别的寒意。秋麒麟草已经开始开花。就在昨天,他注意到陈旧的栅栏上有些紫菀花已经迫不及待地露出了颜色。

他绕过房子拐角向河边走去，大步穿行在荒芜多年的田地上。四处布满了榛树丛，偶尔还会有几棵树。

这就是地球，他心想，人类的家园。但这并不只是人类的家园，也同样是狐狸、猫头鹰和黄鼠狼的家园，是蛇、蝈蝈和鱼的故乡，属于所有生活在空中、土中、水中的生物。不仅如此，除了这些地球本地生物之外，还有生活在其他星球上的其他种族。他们的星球远在光年之外，然而情况却与地球基本相同。对于尤利西斯、迷雾族和其他那些能在地球上生活，没有不适感也不需要辅助工具的种族而言，只要他们愿意，这里也同样是他们的家园。

我们的前景是如此远大，他心想，然而人们却毫无察觉，即便到了现在，火箭喷着火舌从卡纳维拉尔角①一飞冲天，试图打破亘古的束缚，我们仍然很少去畅想那样恢宏的未来。

他的内心有种日益增长的隐痛，想要把自己了解的一切告知全人类。不是那些具体的细节，虽然有些知识人类确实用得上。他想告诉全世界的是最核心的根本事实：宇宙中遍布着智慧生物，人类并不孤独。只要洞察其中的奥妙，我们就永远不会再孤独了。

他穿过田野，穿过树林，来到面对河流的悬崖顶突出的巨岩上。他和以往上千个早晨一样，站在岩石上眺望河流。蓝银相间的河水雄伟壮丽，在树木覆盖的河谷间匆匆流过。

①肯尼迪航天中心所在地。

古老的河水啊，他无声地对着河流说，你见证了一切：高达数千米的冰山来了又走，固执地一寸一寸地往北极的方向爬回去，融化的水灌注在这片山谷里，形成从未有人见过的巨大洪流；长毛象、剑齿虎和有熊那么大的河狸在这些古老山丘上游荡，发出的怒吼和尖啸让夜晚热闹非凡；沉默的人分成小队，在森林里奔跑，在悬崖上攀爬，乘舟在水面上穿梭，他们了解森林也了解河流，肉体脆弱而意志坚定，怀着其他生物所不具备的执着和坚韧。然后，就在不久之前，出现了另一个种族的人，他们的头脑中存着梦想，手中握着残忍的工具，心里怀着更为宏伟的目标，坚信不疑得令人恐惧。再久以前还有形态各异的生命，反复无常的气候，地球自身沧海桑田的改变。这是一块古老的土地，它的历史比人们所知晓的还要久远。你又如何看待这一切呢？伊诺克问河流。你拥有最完整的记忆、最全面的视角和最漫长的时间。到了现在，你应该已经有了答案，至少是部分的答案。

如果人类能存活几百万年，他们也一样会得到一些答案——如果几百万年之后，他还能存在于此，他也一样会有答案。

我能帮上他们的忙，伊诺克心想。我给不了答案，但我可以在人类追逐答案的路上施以援手。我可以给他们信仰和希望，给他们前所未见的宏伟前景。

但他很清楚，他不敢。

悬崖下方，一只鹰在河流上空慵懒地盘旋。空气是如此清澄，伊诺克觉得只要眯起眼睛，似乎就能看清它翅膀上的每一片羽毛。

这地方有种仙境似的气氛，他心想。一望无际的风景，干净清澄的空气，几乎能触及崇高灵魂的超然。这仿佛是一块特殊的宝地，每个人都在寻找，却只有幸运之人能够找到。有些人穷其一生也找不到，更糟的是，还有些人根本没有试图寻找。

伊诺克站在岩石上眺望着河谷，望着慵懒的鹰，湍急的水流，绿毯般的树丛。他的思绪越升越高，飘向了外太空那些遥远的异世界，直到脑中乱成一团。他决定回家。

他慢慢转身爬下巨岩，沿着多年来自己踏出的道路在树林间穿行。

他本想下山绕一下道，去看看那片粉红的杓兰长得怎么样，在头脑中重温它们六月盛放时的美丽景象，但随即转了念头。也没什么可看的，杓兰生长的地方很偏僻，没什么东西会伤害到它们。一百年前，它们曾经漫山遍野地开。他总是采了满怀的花束抱回家，母亲会把它们插到棕色的水瓶里，浓郁的花香在家中飘荡一两天。但现在已经很难找到它们的踪迹了。在田野上放牧的牲畜和寻花采花的人类的践踏下，它们从山间消失了。

回头再来吧，伊诺克对自己说，在霜降之前找个时间去看看，以确定它们好好地在那里，确定它们会在春季到来时盛放。

他驻足稍做停留，看着一只松鼠在橡树上嬉戏。然后又蹲下身，等待一只蜗牛从他面前爬过。走到一棵巨大的树边，他又站住观察树干上苔藓的纹路。一只鸣禽无声地穿梭在树间,他用目光追随它跃动的身影。

他沿小路走出了树林,在田地边界继续走着,来到了从山腰淌出的小溪边。

溪边坐着一个女人。伊诺克认出她是露西·费舍尔,汉克·费舍尔的聋哑女儿。他们一家住在河道边。

他停下脚步望着露西,默默欣赏她的优雅、美丽,那是原始而孤独的生物才会拥有的自然的优雅与美丽。

露西坐在溪水边,一只手抬在空中,修长而灵巧的手指捏着什么鲜艳而闪亮的东西。她的头高高昂起,表情充满警觉,瘦削的身体挺得笔直,浑身同样充斥着无声的警惕。

伊诺克缓步上前,在离她身后不到一米的地方站住了。他看到露西指尖上的那抹彩色是一只蝴蝶,在夏末时出没的金红相间的大蝴蝶。蝴蝶的一边翅膀平整地高高竖起,另一边却皱了起来,上面色泽闪亮的鳞粉消失了一部分。

伊诺克看到,露西并没有捏着蝴蝶,是蝴蝶站在她的指尖上,完好的翅膀不时地微微扇动,保持身体的平衡。

伊诺克以为另一只翅膀受了伤,但他发现自己想错了,那只翅膀只是折得变了形。现在,那翅膀缓缓地展开,失去的鳞粉(也许从来没失去过)又回来了,蝴蝶的两只翅膀恢复了平衡。

伊诺克走到姑娘面前,让她可以看见自己。露西看见他,并没有露出吃惊的神色。伊诺克知道，她早就习惯了这种事，习惯了有人从身后接近，然后突然出现在面前。

她的目光炯炯有神，伊诺克觉得她的表情带着几分神圣，仿佛刚经历过灵魂的狂喜。他不禁又开始想象她的生活，想象世界一片寂静、无法与人沟通是种什么感觉。每次见到露西，他都会想象同样的事。也许不是完全无法交流，但至少，她无法使用人类与生俱来的毫无阻碍的交流方式。

他知道，露西家曾数次设法将她送到公立的聋哑学校去读书，但每次都失败了。有一次，她从学校逃了出来，在外面流浪了好几天，才被人找到送回家来。其他几次她都以行动抗议，拒绝服从老师的指示。

伊诺克看着她托着蝴蝶坐在这里，觉得自己多少能理解她那样做的缘由。露西有自己的小世界，她习惯了这里的生活。在这个世界里，她不是什么残疾人。然而，如果非要把她推到正常的人类世界里，哪怕只是一点点，那她就必定是个残疾人。

如果她会失去灵魂独特的宁静，就算学会手语字母表和唇语又有什么用呢？

她是森林和群山的造物，是春季繁花与秋日飞鸟的孩子。她生活在自然之中，了解这里的一切，并以某种奇特的方式成了它们的一部分。她徘徊在自然世界某个古老而被人遗忘的区域里。人类早已抛弃了她所存在的这个领域，或者可以说，他们从未占有过。

她就坐在这里，指尖上托着金红相间的大蝴蝶，脸上显露出警惕和期待的神情，甚至还有些获得成就的自豪。她是多么活力充盈啊，伊诺克心想，他从来没见过谁像她一样生气昂扬。

蝴蝶展开翅膀，从她的手指上飘下，无所畏惧、不慌不忙地翩然飞过遍布野草与黄花的大地。

露西转身望着蝴蝶，看着它沿着古老的田地一路飞上山去，在靠近山顶的地方消失不见，这才转头看向伊诺克。她咧嘴一笑，模仿那对金红色的翅膀，用双手做了个翩翩飞舞的姿势。不过那姿势里还有其他含义，传达出幸福与安宁，仿佛在说世界现在很好。

伊诺克心想：如果能把银河系其他种族的手势语教给她该多好啊，这样我们俩就能交谈了，和用唇舌说出的人类语言交流得一样好。只要时间充足，这倒也不会太难。银河系手语的逻辑自然顺畅，只要掌握根本原则，用起来几乎是水到渠成的本能。

地球早期也出现过多种手势语言，其中最完善的当属北美土著居民所用的那一种。任何一个北美原住民都能与其他部落无阻碍地沟通，无论他原本讲的是什么语言。

但即便如此，印第安人的手语充其量也不过是一副拐杖，无法让人奔跑，只能助人蹒跚前行。而银河系手势语本身就是一种语言，适用于多种使用方法，存在诸多表达方式。在许多不同种族的贡献下，它已经发展了几千年，不停地进行改良、精简和完善，如今已经是自成一派的交流工具。

银河系非常需要这样的工具,因为这里的语言情况宛如巴别塔。即便是如此发达的银河系手势语也有无法克服的阻碍,也存在无法保证基本沟通的情况。因为银河系中不但存在着上百万种语言,还有一些根本不依存于声音,因为有些种族并不具备发声功能。即便是同样靠声音交流的种族,也有一些用的是其他种族无法听到的超声波。当然还有心灵感应,但每数一个会心灵感应的种族,就能数出一千个有心灵感应障碍的种族。有些种族仅有手语,有些仅有书面或象形系统,其中有些生物的身体上长有通过化学反应进行书写的黑板。此外,在银河系遥远的另一端的神秘星球上,还有一个种族没有视觉,没有听觉,也不会说话,他们用的语言恐怕是所有银河系语言中最复杂的一种,由神经系统的传导信号组成的一系列代码。

伊诺克做这份工作已经快一个世纪了。然而,即便有宇宙通用手势语和语义翻译器——一种做工复杂但用途有限的机械装置,他仍然经常无法理解访客在说什么。

露西·费舍尔拿起身边的杯子,浸在溪水里,打了些水。那杯子是用一片白桦树皮卷成的。她将杯子递向伊诺克,他上前一步接过,跪坐在地上喝了起来。树皮杯并不严丝合缝,水滴下来流过他的胳膊,打湿了衬衫和夹克的袖口。

他喝完水,将杯子递还给露西。露西一手接过杯子,另一只手伸过来,指尖轻抚他的额头,也许是想给他祝福。

伊诺克没有对她说话。很久以前他就不再对她说话了,因为他觉得自己动嘴发出她听不到的声音,也许会让露西尴尬。

他只是伸出一只手,将宽大的手掌贴到露西脸颊上,就这样停留了片刻,作为慈爱之情的表达。然后他站起来,低头与她相互凝望了片刻,随即转身离开。

他跨过小溪分出的支流,走上从森林边缘穿越田野的小路,向山脊走去。在山坡上爬了一半,他回头望去,看到露西还在原地望着自己。伊诺克举手告别,露西也举手作为回答。

伊诺克想起来,他第一次见到露西已经是至少十二年以前了,那时她还是个十岁左右的小女孩,如野性精灵般在林间奔跑。过了很久,他们才成为朋友。在那之前,伊诺克经常能看见露西,因为她总是在山丘和河谷间出没,仿佛大自然就是她的游乐园——事实也的确如此。

这些年来,伊诺克看着她一点点长大,每天散步时经常能遇到她。两人之间逐渐有了无声的理解,那是游荡在社会之外的孤独者之间的共识,但同时又不止于此:他们都拥有属于自己的世界,这样的世界给予了他们洞察力,让他们能看到其他人看不到的东西。但他们谁也没有向对方说起过自己的小世界,也没有过这样的尝试。伊诺克心想。但那私密的世界就存在于两个人各自的意识之中,为他们的友谊提供了坚实的基础。

他还记得那一天,他在粉红杓兰盛开的地方发现了露西。露西跪在地上凝视着杓兰,一朵花也没有采。伊诺克站在她身边,因为她没有过分的举动而开心。他知道露西和他都一样,仅仅是看着花,就能享受到采摘花朵无法得到的快乐和美丽。

他走到山顶,转身走上通往邮箱的长满草的小径。

之前的判断没有错,他这么对自己说。不管后来再看时变成了什么样。那只蝴蝶的翅膀确实已经破损,皱了起来,因为缺乏鳞粉而失却了光泽。它本已残缺,却又恢复完整,飞走了。

8

温斯洛·格兰特很准时。

伊诺克走到邮箱边，正好看见温斯洛的老爷车在山脊上飞驰时扬起的灰尘。今年尘土可真多，伊诺克站在邮箱边想。雨水很少，庄稼都受了影响。不过老实说，如今山脊上也不剩多少庄稼了。这里曾经有过不少家庭规模的小农场，沿着道路依次排开，一水的红色谷仓和白色平房。但现在，多数农场都没了人，房屋和谷仓也不再是红色和白色的了，饱受风吹雨打的木头变灰了，油漆剥落，屋顶的梁木垂下来，人影全无。

温斯洛很快就会到，伊诺克安心等着。这位邮差可能会在拐角处费舍尔家的邮箱前停留片刻。通常情况下，费舍尔家没什么邮件，多数都是无差别投放给所有乡镇地址的广告传单和垃圾信件。

费舍尔家并不在意,有时候他们一连好几天不看信箱。要不是有露西在,可能根本没人会来。大部分时候,都是露西负责取信。

伊诺克心想,费舍尔一家人真是得过且过的典型代表。他们的住房和其他建筑看起来随时可能倒塌,玉米地无人照料,经常在河水上涨时被整片淹掉。他们有时会在河谷底部的草甸割草,养着两匹骨瘦如柴的马,五六只瘦骨嶙峋的牛,还有一群鸡。他们家有辆旧车,还有自酿酒的蒸馏器,藏在河谷的某个地方。他们捕猎、打鱼,总体来说,在这世上无足轻重。不过,有这么一家人做邻居倒是不错。他们不管闲事,也不打扰其他人,只会定期全家出来转一圈,给邻居分发某个无名原教旨主义教派的传单和宣传册。好几年前,费舍尔大妈在米尔维尔召开的复兴布道会上成了他们的信徒。

温斯洛没在费舍尔家的信箱前停车,而是在扬起的尘雾中毫不减速地拐了弯。他踩了刹车,老爷车呼哧作响着停下,油门熄了火。

"让它凉快会儿。"他说。

发动机逐渐降温,发出噼噼啪啪的响声。

"今天来得早啊。"伊诺克说。

"今天有好多家没信,"温斯洛说,"我就直接开过去了。"

他拿起邻座上的提包,摸出一沓用线绳捆好的报刊给伊诺克。里面有几份日报,两本杂志。

"你的东西不少,"温斯洛说,"但很少有信。"

"会给我写信的人,"伊诺克说,"都已经不在了。"

"但是呢,"温斯洛说,"今天有一封寄给你的信。"

伊诺克看到两本杂志间露出一角信封,无法掩饰脸上的惊讶。

"而且是个人寄的。"温斯洛说,语气几乎啧啧称奇,"不是小广告,也不是商业信件。"

伊诺克将那一沓报函夹到腋下,紧靠着枪身。

"恐怕没什么了不起的。"他说。

"也许吧。"温斯洛说,眼睛里闪着狡黠的光。

他从口袋里掏出烟管和烟草袋,不慌不忙地塞着烟草。发动机还在噼啪作响。太阳在晴朗的天空上照耀大地。路边的草木都蒙上了一层灰,散发出呛人的气味。

"听说那个找人参的家伙又回来了。"温斯洛说,似乎只是闲聊,但语气里透露着心照不宣的暗示,"之前他走了三四天。"

"可能去卖参了。"

"要我说,"邮差说,"他找的可不是人参。他在找别的。"

"找了有一阵子了。"伊诺克说。

"首先,"温斯洛说,"现在人参几乎没市场了,就算有,也没多少人参了。好几年前还挺红火。中国人好像拿它入药。但现在我们跟中国根本没有贸易往来。我还记得小时候出去找野参。就算是那时候也不容易找。但大多数时候,还是能找到一点。"

他靠到椅背上,平静地吞吐烟雾。

"我看有猫腻。"他说。

"我从来没见过他。"伊诺克说。

"他老在林子里鬼鬼祟祟地钻来钻去。"温斯洛说,"见着什么植物都挖。我猜他可能是个魔法师,收集材料去做药水什么的。老跟费舍尔家混在一起聊天,喝他们的烈酒。现在没人说什么魔法啦,但我还信那玩意儿。有好多东西科学没法解释。比如费舍尔家那姑娘,那个哑巴,她能施法帮人把疣弄掉。"

"我也听说过。"伊诺克说。

不仅如此,他心想,她还能治好蝴蝶。

温斯洛向前探过身来。

"差点忘了。"他说,"我还有东西要给你。"

他拿起扔在车底的棕色纸包,递给伊诺克。

"这可不是别人寄的,"他说,"是我给你做的。"

"哇,谢谢。"伊诺克说,接过了包裹。

"行了,"温斯洛说,"打开看看吧。"

伊诺克迟疑着。

"哎,见鬼,"温斯洛说,"别客气啊。"

伊诺克撕开包装纸,里面是他的木刻全身像。木头是蜂蜜般的金色,有三十厘米高,在阳光下闪耀得仿佛一块金色宝石。木雕的他正在走路,步枪夹在腋下。而且周围还起风了,因为他的身体略微前倾,夹克和裤腿上都有风吹起的褶皱。

伊诺克倒吸一口气,站在原地端详着雕像。

"温斯[1]，"他说，"我从来没见过这么漂亮的作品。"

"用你去年冬天给我的那块木头做的。"邮差说，"我从来没见过这么好削的木头。质地又硬，上面又没什么纹路。不用怕它会劈开，不小心有切口，或者碎了什么的。你切哪儿就是哪儿，切的时候是什么样就一直是什么样。切开的地方会自己抛光，只要稍微擦擦就完事了。"

"你不知道，"伊诺克说，"这对我意义非凡。"

"这些年啊，"邮差对他说，"你给我的木头可真不少。尽是没人见过的木材，质量都是一等一的。我也该给你雕点东西了。"

"你也帮了我不少忙。"伊诺克说，"从城里帮我带东西过来。"

"伊诺克，"温斯洛说，"我喜欢你这人。我不知道你是什么人，也不想问，但不管怎么样，我欣赏你。"

"真希望能告诉你我是什么人。"伊诺克说。

"好啦，"温斯洛挪回方向盘后面坐好，"只要处得好，你我是什么人不重要。要是那些国家能来我们这种小地方上一课，学学怎么相处，世界就好多了。"

伊诺克严肃地点点头，"现在情况不太好啊？"

"一点也不好。"邮差说着，发动了汽车。

伊诺克站在原地望着老爷车一路开下山，车后扬起一阵云雾般的尘土。

---

① 温斯洛的昵称。

然后他又看了看自己的木雕像。

木像仿佛行走在山顶上，毫无遮挡地面对呼啸的强风，被吹得弓起了腰。

为什么？他心想，邮差在他身上看到了什么，才会将他刻成在风中行走的模样？

9

他将步枪和那堆报函放到灰蒙蒙的草地上，用纸将木雕小心地重新包好。他打算把雕像摆在壁炉上，或者咖啡桌上，那样更好，旁边的角落里是他最喜欢的椅子和书桌。他有些难为情地对自己承认，他希望雕像就在手边，可以随时观赏或拿在手里把玩。邮差的礼物给他带来了一种温暖人心、抚慰灵魂的深沉的快乐，他不禁好奇这是为什么。

他很清楚，这并不是因为他很少接到礼物。外星旅客每周都会送他好几份纪念品。房子里已经摆满了礼物，宽敞的地下室里有一整面墙的架子，上面也摆着满满当当的纪念品。也许是因为这是来自地球的礼物，他这么告诉自己。这是来自同类的礼物。

他将重新包好的木雕夹到腋下，拿起步枪和报函，走上回家的小路。这条路曾经是通往农场的马车道,如今已经灌木丛生。

古老的车辙间,杂草已经长了厚厚一层。这些车辙由旧时代马车的铁轮深深地压进泥土里印成,至今仍是寸草不生的赤裸沟壑。在沟壑两侧,从森林边缘蔓延过来的灌木已经长到了一人多高,走在路上仿佛在绿色隧道里穿行。

但在某些地方,灌木的长势莫名出现了断层,也许是因为土壤的成分不同,也许是大自然本身变化无常。在这些缺口处,人们可以从山脊上眺望整个河谷。

就在一个这样的缺口处,伊诺克瞥见旧田地边缘的树丛中出现了一道闪光,那地方与他遇到露西的小溪离得不远。

他皱起眉头,无声地站在小路上,等着闪光再次出现。但它没再出现。

他知道,那是监视他的人在用双筒望远镜观察驿站。之前的闪光是太阳照射在望远镜上的反光。

他们是什么人?伊诺克想知道。他们为什么要监视这里?这种情况已经持续了一段时间,但奇怪的是,除了监视,他们什么也没有做。没人来干涉他的行动。没人来接触他。何况,他意识到,这样的接触完全可以很简单,很自然。不管他们是什么人,如果想向他搭话,只要在他出来散步时随便找个机会碰下面就可以了。

但很显然,他们暂时还不想搭话。

他不禁好奇,他们到底想做什么?也许是想掌握他的行踪。要是为了这个目的,他怀着狡黠的幽默感心想,他们完全可以在十天内就掌握他的生活规律。

也许他们想等等看,看会有什么事情发生,好提供一些线索,让他们更好判断他在做什么。在这方面,他们只会大失所望。他们可以监视一千年,而始终一无所获。

他转身继续走路,对这些监视者既担忧又疑惑。

也许,他心想,他们不来接触,是因为听到了关于他的一些传言。没人会把这些传言讲给他本人听,就连温斯洛也不会。不知道邻居们编出了什么样的故事,在壁炉边屏息讲着怎样动人心魄的民间传说?

也许还是不知道的好,伊诺克心想。但他可以肯定有这样的故事存在。同样的,监视者没有来找他,这也许是一件好事。只要没有接触,他就仍然是安全的。只要问题不存在,就不需要寻找答案。

他们会问:你真的是一八六一年为老亚伯拉罕·林肯出征的那个伊诺克·华莱士吗?这问题只有一种答案,只可能有一种答案。是的,他只能说,我就是。

在他们会问的所有问题里,他能如实回答的只有这一个。对于其他问题,他只能以沉默或逃避应对。

他们会问他为什么没有变老。所有人类都在老去,他为什么能永葆年轻?他不能告诉他们,在驿站里,他的时间是静止不动的。只有走出驿站的时候,他才会开始变老。每天散步时,他的年纪会增加一小时,在花园里劳动也会增加一小时,坐在台阶上欣赏夕阳美景会增加一刻钟。一旦回到室内,衰老过程就完全停止了。

他不能把这些说出来。此外,他不能说的还有很多。他知道,可能会有那么一天,他们决定与他接触。到那时,他必须逃离这些问题,一个人躲在驿站内,彻底与世隔绝。

这在肉体上不会造成困难,他在驿站内的生活没有丝毫不便。他什么也不需要,外星人会提供一切生活所需。他也曾几度购买人类的食物,让温斯洛帮他在城里买了送过来。但那只是因为他想念自己星球食物的味道了,特别是童年和参军时吃过的那些简单食物。

而且,他心想,就连那些食物也可以通过复制的方法来供应。他可以把一块培根或一打鸡蛋送到另一个驿站去,留在那里当作模版脉冲的母版,想吃的时候随时可以预定。

但外星人也有无法供应的事物:他通过温斯洛和邮政网络与人类保持的联系。如果躲在驿站内,他就会与自己熟悉的世界完全断了联系,报纸和杂志就是他与外界沟通的唯一途径。因为机械装置的干扰,驿站内收不到广播。

他没办法知道世界上发生了什么,也不知道外面怎么样了。他的图表会受到影响,变得几乎毫无用处。但它现在就已经几乎毫无用处,因为伊诺克无法肯定参数用得是否正确。

除此之外,他还舍不得外面这隔小小的世界,他每天路过的这方天地,他对这里的一切都了如指掌。在他看来,是每天的散步让他得以维持人类的身份,让他至今仍是地球的公民。

能在头脑和情感上都保持着地球公民和人类成员的身份,这件事有多重要呢?也许,伊诺克心想,并没有什么理由需要他保持这种定位。银河系的世界大同主义对他来说唾手可得。也许,执着于母星的身份认同反倒有些狭隘了。这种狭隘也许会让他失去些什么。

但他知道,自己无法抛弃地球。他如此热爱这个地方——那些从未像他这样领略过遥远而未知世界的风光的人类,恐怕还比不上他对地球爱得深。一个人总得有所归属,总得有忠诚心,有某种身份。银河系太过浩瀚,任何生物都无法毫无依靠地孤身面对。

一只云雀从草丛中蹿了出来,直飞上天。伊诺克一见到它,就期待听到清脆的啼啭声从它的喉咙中涌出,从蓝色的天空中倾倒下来。但鸟并没有像春季那样鸣唱。

伊诺克继续缓步前行。现在他已经望得见驿站了,它外表寒酸,屋脊高耸。

好奇怪啊,他心想,自己想到的不是家,而是驿站。不过,这房子作为驿站的历史已经比作为他家的历史还长。

它看起来有种难以入眼的坚实感,仿佛铁了心扎根在山脊上,决定永远待在这里不走了。

当然了,只要伊诺克希望,它就会在这里一直待下去。没有东西能够碰到它。

　　即便有一天,伊诺克被迫躲在里面不出来,驿站也会抵挡住人类所有的监视和窥探。没人能刮伤它,没人能在上面钻孔,没人能把它砸碎。他们什么也做不了。不管人类再怎么监视、猜测、分析,他们能知道的就只有一件事:山脊上有这么一座异乎寻常的建筑物。除了热核爆炸,房子不受任何事物影响——或许就连热核爆炸也波及不了它。

　　伊诺克走进院子,转身回望之前出现闪光的树丛,但那里已经不见有人造访过的痕迹了。

10

驿站内，留言机正发出哀怨的尖鸣。

伊诺克挂好枪，将信函和木雕扔在书桌上，大步穿过房间，走到机器前。他按下按钮，拍了下操纵杆，尖鸣停止了。

信息板上这样写道：

致18327号站的406302号信息。将于你的傍晚到达。咖啡要热。尤利西斯。

伊诺克咧嘴笑了起来。喝咖啡的尤利西斯！他是唯一一个喜欢地球食物、饮品的外星人。很多外星旅客品尝过，但最多也就一两次。

尤利西斯真特别,伊诺克想。他们从一开始就彼此欣赏。在那个雷雨交加的下午,两个人坐在台阶上,人脸模样的面具掉落下来,露出一张外星人的脸。

那张脸形状恐怖,长相邪恶,令人作呕。伊诺克当时觉得,他看起来像个残忍的小丑。但他同时也在奇怪自己为什么会这么想,毕竟小丑和残忍毫不搭界。如果真有哪个小丑是残忍的,那恐怕就是眼前这形象了:五颜六色拼成的脸,冷峻严厉的下颌线,锋利切口般的薄唇。

然后他看见了对方的眼睛,那足以抵消一切。那双眼睛又大又温柔,发出善解人意的光芒,目光落在他身上,仿佛是对方伸出的友好的手。

雨水哗哗作响,横扫大地,敲打着农机棚的屋顶,随即从两人的头上倾盆而下。倾斜的雨幕愤怒地击打院中的尘土,脏兮兮的鸡群四下惊散,寻找能躲雨的地方。

伊诺克跳起身来,抓住对方的胳膊,将他拉到门廊上。

两人面对面站着,尤利西斯伸手扯下开裂脱落的面具,露出子弹头般光滑的头颅和五颜六色的脸。那张脸像个狂野暴躁的印第安人,脸上画着走上征战之路时的图案。但那图案里四处可见小丑的影子,仿佛画成这样是为了表达战争中反复无常的荒谬与怪诞。但伊诺克看得出,那不是画上去的,而是面前这个来自遥远星系的生物的天然肤色与花纹。

他心中有各种各样的疑问和惊愕,但他可以肯定一点:这位奇特来客并不属于地球。他不是人类。他的形态和人类相似,有成双的胳膊和腿,有头,也有脸。但他身上存在着非人的本质,几乎是对人性的否定。

伊诺克心想,以前的人可能会将他视为恶魔,但那样的时代早已过去(可能在某些偏僻的乡村过去得并不彻底),已经没人相信地球上曾遍布恶魔、鬼魂或其他人类想象出的可怖之物。

他说他是从星星上来的。可能是吧。但伊诺克还是无法理解。就算是在最纯粹的幻想里,他也没想象过这样的事情。没有知识可以让他把握,没有经验可以让他依靠。这里没有衡量标准,也没有指导规则。这是思想体系中的一块空白,如果给予足够的时间,也许它会慢慢消失,但现在,填满这段空白隧道的只有无穷无尽的惊叹。

"慢慢来。"外星人说,"我知道这不容易。我也不知道可以做点什么让它变容易一些。毕竟,我没办法证明我是从星星上来的。"

"可你说话说得这么好。"

"你是说,用你的语言。这不算太难。如果你了解宇宙中所有的语言,你就知道这有多容易了。你的语言并不困难。它很基础,有很多概念是你们的语言不需要表达的。"

伊诺克承认,这可能是实话。

"如果你愿意,"外星人说,"我可以到别的地方去,等一两天。

给你点时间思考。然后我再回来。到那时，你就能想通了。"

伊诺克机械地微微一笑，感觉自己的脸很不自然。

"这样我就有时间警告整个地区的人了。"他说，"你回来时可能会遇到埋伏。"

外星人摇摇头，"我相信你不会的。我愿意冒这个险。如果你愿意……"

"不用。"伊诺克说，平静得自己都感到惊讶，"不，如果有事情要面对，那就去面对。这是我在战争中学到的。"

"你可以的。"外星人说，"你会做得很好。我没有看错你，这让我很骄傲。"

"看错我？"

"你不会以为我毫无准备就来了吧？我了解你，伊诺克。也许和你对自己的了解一样多。说不定比你还多。"

"你知道我叫什么？"

"当然。"

"嗯，好吧。"伊诺克说，"那你叫什么？"

"这让我非常尴尬。"外星人对他说，"我没有你所谓的名字。我当然有辨认身份的办法，也符合我们种族的需要，但那不是用舌头能做到的。"

不知什么原因，伊诺克突然想到一个蹲坐在栅栏顶端懒洋洋的身影，那个人一手拿着根木棍，另一只手拿着把折叠刀，平静地削着木头,全然不顾炮弹在头顶呼啸飞过,不到一公里开外还有滑膛枪砰砰啪啪地交火,扬起漫天的火药尘烟。

"那你得取一个,"他说,"就叫尤利西斯吧。总得有个名字让我称呼你。"

"可以。"陌生的生物说,"能问问为什么叫尤利西斯吗?"

"因为,"伊诺克说,"这是我们种族里一个伟人的名字。"

这当然是个疯狂的念头。两者根本毫无相似之处——蹲坐在栅栏上削着木头的联邦军将军,和站在他门廊上的这个生物。

"很高兴你选择了这个名字。"站在门廊上的尤利西斯说,"在我听来,这名字庄严、高贵。在你面前,我很乐意使用这个名字。我就叫你伊诺克吧,作为可以互称名字的朋友,按照你们星球上的计时法算,我们两个还会共事许多年。"

他开始奔向主题了,这个念头让伊诺克不知所措。他心想,还好外星人看他如此茫然,等了一会儿才这样干,并没一开始就把所有话都一股脑说出来。

"也许,"伊诺克说,挣扎着抑制涌上心头的震惊,"我可以给你弄点什么吃的。我可以煮点咖啡……"

"咖啡。"尤利西斯咂着薄薄的嘴唇说,"你有咖啡?"

"我可以煮一大锅。里面打个蛋,这样会沉淀得更好……"

"美极了,"尤利西斯说,"在我去过的所有星球、喝过的所有饮料里,咖啡是最好喝的。"

两人走进厨房，伊诺克搅了搅灶台中的炭，放进些新木头。他把咖啡壶拿到水槽边，从水桶里舀了些水倒进去，然后放到火上煮。接着他去储藏室拿了些鸡蛋，又到地下室去拿了点火腿。

尤利西斯姿势僵硬地坐在厨房餐椅上，看着他忙来忙去。

"你吃火腿和鸡蛋吗？"伊诺克问。

"我什么都吃。"尤利西斯说，"我们种族适应性很强。所以我才会被派到这个星球上来，作为——这个词怎么说？打探的人？"

"侦察员。"伊诺克提了个词。

"没错，侦察员。"

和他说话很轻松，伊诺克心想。几乎像和另一个人类谈话一样轻松。但老天在上，他看起来一点都不像人类。他看起来像是模仿人类的夸张讽刺画。

"你在这房子里已经生活很久了，"尤利西斯说，"你对它很有感情。"

"从我出生起，这里就是我家。"伊诺克说，"我曾经离开过不到四年，但这里一直是我家。"

"要是能回家，"尤利西斯说，"我也会很开心。我离开太久了。出这种任务，总是会离家太久。"

伊诺克放下切火腿的刀，重重地坐进了椅子。他盯着桌子对面的尤利西斯。

"你？"他问，"你要回家？"

"哦,当然了。"尤利西斯告诉他,"我的任务即将完成。我有家可回。你以为我没有?"

"不知道。"伊诺克底气不足地说,"我从来没想过这个问题。"

他心里清楚,就是这么回事。他从来没想过,这样的生物也会有家的概念。本来只有人类才有家。

"回头有机会,"尤利西斯说,"我给你讲讲我的家。也许你某天还能去那里拜访我。"

"在群星之间。"伊诺克说。

"现在你可能觉得不可思议,"尤利西斯说,"你需要一段时间来适应这个想法。但等你了解了我们,我们所有种族——你就明白了。希望你喜欢我们。我们都不是什么坏蛋。在所有的各种各样的种族里,没有谁是坏蛋。"

伊诺克心想,星星就挂在孤独的太空中,他根本猜不出它们离地球有多远,也猜不出它们是什么,为什么会存在。那完全是另一个世界,他心想——不,不对,那是许多个世界。那里有别的种族,可能是许多不同的种族,也许每颗星星上面都有不同的种族。其中一个就坐在他的厨房里,等着咖啡烧开,等着火腿和鸡蛋炒好。

"可是,为什么?"他问,"为什么?"

"因为,"尤利西斯说,"我们都要旅行。我们需要在这里建一个驿站。我们想把这座房子改建成驿站,让你负责看管。"

"这座房子?"

"我们不能自己建一个驿站,因为那样会有人来问是谁要建,为什么要建。所以我们必须利用已经建好的建筑物,再改造成需要的样子。但只有内部而已。我们会保留外观不变,这样就没有人会来问问题了。必须……"

"可是旅行……"

"在星际间旅行。"尤利西斯说道,"比你想象的旅行时间还短。比眨眼的速度还快。用的是你们说的机械装置,但其实不是机械装置——不是你们这里的那种机械装置。"

"请原谅,"伊诺克困惑地说,"这听起来根本不可能。"

"你记得米尔维尔市开设铁路的时候吗?"

"嗯,记得。那时我还小。"

"那就这么想吧。这也是一条铁路,地球就是一个小镇,这座房子会成为一条新造铁路上的车站。唯一不同的是,地球上只有你一个人知道这条铁路的存在。这里只是个中转站,地球上的人无法买票坐车。"

这么描述听起来当然很简单,但伊诺克感觉得出,这一点也不简单。

"在太空开的火车?"他问。

"不是火车。"尤利西斯告诉他,"是另一种东西。我不知道该怎么解释……"

"也许你应该选另外一个人。一个能理解这些的人。"

"这颗星球上没有人能够理解哪怕其中的一丝一毫。不,伊诺克,我们选择了你,你就不会比其他任何人差。在很多方面,你甚至比任何人都要好。"

"可是……"

"怎么,伊诺克?"

"没什么。"伊诺克说。

他想起他坐在台阶上,想着自己是多么孤独,想着新的开始,并且知道一个新开始无可避免,必须从零开始生活。

而现在,新开始就这样突然出现了。就算他不顾现实地疯狂幻想,也想不出比这个新开始更奇妙、更吓人的未来。

11

伊诺克将信息归档,发出确认信息:

406302号收到。咖啡煮上了。伊诺克。

他清理好机器,走到离家前备好的三号液罐前。他检查了温度和液位,再次确认液罐牢牢固定在物化机旁。

然后他走到角落里的另一台物化机边,仔细检查。这是官方紧急物化机。它很正常,一如往常。它从没出过问题,但每次尤利西斯要来访时,伊诺克都会将它好好检查一番。如果机器有问题,他也做不了什么,只能给银河系中央局发条紧急信息。那样的话,会有人利用普通物化机过来,修好紧急物化机。

顾名思义,官方紧急物化机是专门为了银河系中心员工进行官方访问和应对紧急情况而准备的,它的运作完全不受本地驿站管辖。

尤利西斯是这个驿站和其他几处驿站的检查员,他随时都可以不打招呼就用官方物化机过来。但伊诺克带着些许自豪感想起,在最近几年里,每次要来时,尤利西斯都会先发条信息,和他打个招呼。他知道,并不是所有大银河系交通网络上的站点都能享受这样的殊荣,能得到平等礼遇的驿站屈指可数。

今晚,他也许应该把有人在监视驿站的事情告诉尤利西斯。也许应该更早通知他,但伊诺克一直不太愿意承认,人类可能会对银河系驿站造成威胁。

他一直想给外星人留个好印象,让他们觉得地球人善良、讲理,但这恐怕是一件办不到的事。在许多方面,人类并不善良,也不讲道理。这也许是因为作为一个种族,他们还没有完全成熟。他们聪明、敏捷,有时富有同情心,甚至善解人意,但在其他许多方面却是彻头彻尾的失败品。

但是只要给他们一个机会,伊诺克对自己说,只要让他们歇一口气,告诉他们宇宙里有什么,他们就能回过神来,不断努力进步,然后随着时间推移,最终加入群星间多种族的大家庭。

一旦成了群星的一员,他们就会证明自己的价值,做出自己的一份贡献。毕竟人类还是个年轻的种族,精力旺盛——虽然有时候旺盛得有点过了头。

伊诺克摇摇头，穿过房间，在书桌前坐了下来。他拿过早上拿回来的那沓信函、报刊，解下温斯洛绑好的绳子。

里面有每天的日报，一份新闻周刊，《自然》和《科学》两本杂志，还有那封信。

伊诺克将报纸杂志推到一边，拿起了信。这是一封航空信，盖着伦敦的邮戳，回信地址上是他不认识的名字。他不清楚为什么会有陌生人从伦敦给他写信。但他提醒自己，不管对方是从伦敦还是从哪里寄的信，对他来说都同样是陌生人。他不认识在伦敦的人，也不认识世界上任何一个地方的人。

他割开航空信的信封，将信在桌上展平，拉过台灯，照亮纸上的文字。

亲爱的先生【他读起来】：

恐怕您并不认识我。我是英国《自然》杂志的编辑，您多年订阅我们的杂志。我没有使用杂志的官方信笺，因为这是一封来自我个人的信件，内容恐有鲁莽之处。

不知您是否有兴趣知道，您是我们杂志为期最长的订阅者。您的名字在我们邮寄名单上的存在时间已经超过了八十个年头。

我明白这恐怕有些逾越，但我不禁好奇，是您自己订阅了我们的杂志这么久，还是您父亲或其他亲人是最初的订阅者，而您只是一直没有更新过订阅者的名字。

我的好奇对您来说无疑是不合礼节、多此一举的打探,如果您选择无视这封信,这完全是您的正当权利。但如果您不介意回复,我会非常期待收到您的来函。

我唯一能为自己辩护的借口,就是我在杂志社工作了许多年,看到有人欣赏它的价值,认为它值得订阅八十多年,这令我与有荣焉。恐怕世上并没有几份杂志能让一个人保持兴致如此之久。

请允许我向您致以我最高的敬意。

谨致问候

下方是写信人的签名。

伊诺克将面前的信一把推开。

又来了,他在心里说。又一个监视者,虽然他很谨慎,很礼貌,不太可能会造成麻烦。

但又有人注意到他了,注意到同一个人订阅杂志八十多年,并感到了一丝惊奇。

随着时间的流逝,注意到的人还会越来越多。要他操心的不只是站外驻扎的那些监视者,还有这些潜在的未知对象。他可以尽可能地不引人注意,但没办法彻底隐匿。世界迟早会发现他的异样,挤在他的门前,争先恐后探究他的秘密。

他知道,乞求再多的时间也没有用。世界已经悄然逼近。

他们为什么就不能放着我不管呢？他心想，如果他能解释自己的情况，这些人可能会放过他。可他解释不了。就算他能解释，还是会有人跑来一窥究竟。

房间另一侧的物化机哔哔作响，伊诺克转过身去。

右枢的旅客已经到了。液罐里是一团朦胧的球状物质，他上方还有一个方块，在溶液里缓慢地移动。

是行李吗？伊诺克心想。但之前传来的消息没提到行李。

他快步穿过房间，与此同时，咔咔的敲打声已经响了起来：右枢旅客在对他说话。

"向你呈献，"咔咔声这么说，"离世的植物。"

伊诺克眯眼瞧着液体里浮沉的方块。

"拿走它吧，"右枢旅客咔咔敲打，"带来给你。"

伊诺克有些手忙脚乱地用手指敲击液罐的玻璃壁，做出回答："感谢你，殿下。"他一边敲，一边怀疑自己对这团物质用的敬称是否恰当。但他告诉自己，这种礼数要深究起来可没个头。有些旅客要用华丽的语言来称呼（而且华丽的程度还都不一样），还有些则要用最简单、最直白的语言交谈。

他将手探进液罐，捞出了方块。那是一块很沉的木头，和乌木一样黑，纹路紧密得仿佛一块石头。他在心里笑了起来：光是听温斯洛讲过的话，他就已经成了判断木头艺术价值的专家。

他把木块放到地上，回到液罐前。

"可否解释,"右枢旅客敲打道,"你拿它做什么？对我们,没有一点用。"

伊诺克犹豫着,在记忆里拼命搜寻"雕刻"的编码。

"怎么？"右枢旅客问道。

"请原谅,殿下。我不常用这种语言,说得不好。"

"请停用'殿下'。我很普通。"

"改变形状,"伊诺克敲打着,"变成另一个样子。你具备视觉吗？我可以给你看看。"

"没有视觉。"右枢旅客说,"很多感觉,没有视觉。"

刚才到站的时候,它还是个球体,现在开始变扁了。

"你是两足生物。"右枢旅客敲击道。

"我是。"

"你的星球。是坚固星球吗？"

坚固？伊诺克思考着。哦,与液体相对的坚固。

"四分之一是固体,"他敲击回答,"其余是液体。"

"我的星球几乎全是液体。只有一点点固体。非常宁静的世界。"

"有件事我想请教。"伊诺克敲击。

"请问。"旅客说。

"你是个数学家。我是说,你们所有人都是。"

"是。"旅客说,"极好的娱乐。让头脑有事做。"

"你是说,你们并不使用数学?"

"哦,不,用过。但现在用不着。很久以前,弄懂了需要的所有。现在是娱乐。"

"我听说过你们的数字符号系统。"

"非常不同,"右枢旅客敲击,"先进得多的概念。"

"能给我讲讲吗?"

"你知道北极七用的符号系统吗?"

"不,我不清楚。"伊诺克回答。

"那就没法讲我们的。必须先了解北极星的。"

没办法了,伊诺克心想。他本该想到会这样。银河系里有那么多知识,他知道的那么少。即便是他知道的那一点知识,他真正理解的也少得可怜。

地球上有人能够理解。有人会不惜一切代价取得他知道的这点知识,并且将它们全部利用起来。

群星间存在着浩如烟海的知识,有些是人类已有知识的延展,有些关心着人类一无所知的主题,有着人类从未想象过的使用方法和目的。如果让人类自己发展,他们永远也想象不到。

再来一百年吧,伊诺克心想。再过一百年,他能学到多少呢?再过一千年呢?

"我休息。"右枢旅客说,"很高兴和你聊天。"

12

伊诺克从液罐前转过身,捡起木块。它上面的液体已经流到了地上,积成一小摊,闪闪发光。

伊诺克拿着木块走到窗边,仔细观察。它又沉又黑,纹路紧密,一角上还挂着一小片树皮。上面有锯过的痕迹。它被切成了这个体积,以适合右枢旅客正在休息的液罐大小。

伊诺克想起一两天前刚在报纸上读到过,有科学家认为,液体星球不可能出现智慧生物。

但他错了,这种来自右枢星的生物就是证据。此外,还有许多液体星球都是银河系大家庭的成员。伊诺克心想,如果人类想了解银河系文化,那他们必须抛弃许多已有知识,再学习许多新知识。

比如说,光速的限制。

　　如果真的没有任何东西的移动速度能快过光速，那整个银河系交通系统都不成立。

　　但他提醒自己，将光速视为基本限制条件并不是人类的错。不管是人类还是其他种族，都只能用可以观察到的结果作为基础数据。既然人类科学至今还没有发现比光速更快的东西，他们的假设就一定是成立的：没有东西可以以超越光的速度持续移动。但成立的也只是假设而已。

　　不管旅行距离有多长，将生物在星际间进行传送的脉冲几乎是瞬时发送的。

　　伊诺克站在窗边想了一会儿，承认这件事仍然让人难以置信。

　　就在片刻之前，液罐里的生物还在另一座驿站的另一个液罐里，物化机读取它的模式——不光是身体，还有它的生命力，让它得以存在的核心。然后脉冲模式穿过空间的层层沟壑，几乎在一瞬间就抵达了这个驿站的接收器，随即复制出那个生物的身体、头脑、记忆和生命，而它的原身已经在许多光年外的地方死去。液罐里，新身体、新头脑、新记忆和新生命几乎瞬间成形——这是个新个体，但和原本的个体完全相同，身份和意识都得以继续存在（原来的思绪只是被暂时打断了一瞬间），不管从哪个角度都可以认作是同一个体。

　　脉冲模式有局限性，但这与速度无关，脉冲可以不花什么时间就抵达整个银河系的任意角落。但在某些情况下，模式往往会断裂,所以才必须有大量的、成千上万的驿站。尘埃云、气体或高电离区都容易破坏这些模式,在这些情况经常出现的星域,驿站间的跳跃距离会大为缩短,以保持模式数据的真实、完整。对于有高浓度气体或尘埃团的区域,交通网络有时不得不绕道而行。

伊诺克不禁好奇,此刻液罐里的生物在一路上经过的站点里留下了多少具尸体。再过几个小时,它的模式会继续乘着脉冲波前往下一个站点,这具身体也同样会变成死尸。

他想着那一连串横跨群星的尸体,每个都会经酸液销毁,冲进深埋的罐子里。而生物本身还将持续存在,直到抵达最终的目的地,完成这趟旅程所担负的使命。

什么使命?伊诺克想着。在太空各处散布的驿站间来回穿梭的那些生物,他们都背负着怎样的使命?有时候,和旅客聊天时,他们会谈起旅行的目的。但大多数情况下,伊诺克无从得知他们的目的,也没有探究的权利。毕竟他只是驿站的管理员罢了。

旅店老板,他心想。但也有例外,有许多生物根本不需要老板服务。反正,是他监督驿站,确保一切正常运作,做好准备迎接旅客,等时间到了再把他们送往下一站。如果他们需要什么服务和照顾,也是他来完成这一切。

他看着木块,想着温斯洛看到它会有多开心。这种乌黑又纹路紧密的木头可不多见。

如果温斯洛知道他雕刻的这些木头出自许多光年以外的未知

星球,他会怎么想?伊诺克知道,温斯洛曾多次好奇过这些木头的来源,想知道他的朋友是怎么得到的。但他从来没有开口问过。温斯洛当然也知道,每天和自己在邮箱边见面的这个人非常古怪。但同样从来没问过任何问题。

这就是友谊,伊诺克对自己说。

他手中的木块也是友谊的证明,那是群星和每个驿站管理员的友情,不管驿站在螺旋臂的什么位置上,不管它是否远离银河系中心,是否偏远又落后。

这些年里,太空中显然已经流传开某个管理员在收集外星木材的消息,木材就这么一块又一块地送了过来。这些木头不仅来自伊诺克视为朋友的种族,还有陌生星球的来客,就像现在液罐中的那团物质。

他将木块放到桌上,走到冰箱前,拿出几天前温斯洛帮他买的陈年奶酪,和前一天仙女座α十的旅客带来的一小包水果。

"分析过了,"那位旅客告诉他,"你可以吃,不会受伤。不会让你的新陈代谢有麻烦。也许你吃过?你没有。抱歉。非常美味。你喜欢,我再带。"

他又从冰箱边的柜橱里拿出一小块扁平的面包,这属于银河系中央局的定期供给。做面包的谷物和地球上的种类不一样,有种鲜明的坚果味,还带着隐约的外星香料味。

伊诺克将食物都摆到桌子上。他管这张桌子叫厨房餐桌,虽然这里已经没有厨房。然后他把咖啡壶放到火上，回到书桌前。

信还摊在桌上。他把信折好放进抽屉，又拆开报纸的棕色包装纸，将报纸摞在一起。然后他挑出《纽约时报》，坐到最钟爱的椅子里读了起来。

头条标题是"新和平会议共识"。

紧张的局势已经持续了一个多月，这是过去几年里让全世界坐立不安的一系列危机中最新的一次。伊诺克心想，最糟糕的是，其中大部分危机都是人为的，都是因为两方势力在残酷无情的权力博弈中想要争夺优势。自从二战结束后，这种政治博弈就没有停止过。

《纽约时报》对会议的报道带着一种相当绝望、几乎是听天由命的口吻，仿佛作者已经知道会议不会解决任何问题，不加剧危机就不错了——也许外交家和其他相关人员也都心知肚明。

本国首都的观察员均不看好这次会议【《纽约时报》华盛顿分社的记者这样写道】，认为恐怕无法取得与之前同类会议相媲美的成果，既不能缓解一触即发的冲突，也无法推动各方走向和平解决。多方人士都表达出毫不掩饰的担忧，认为本次会议无法通过赔偿的方式开辟通往和解的新道路，反而会给争议热点火上浇油。会议本应为讨论提供时间和场所，让与会各方冷静地探讨事实和各自的论点，但目前认为本次会议能实现这一目标的人并不多。

咖啡烧开了,伊诺克扔下报纸,大步走过去关了火。他从橱柜里拿出一个杯子,走到桌边。

但在吃饭前,他先回到书桌边打开抽屉,拿出图表,在桌子上摊开。他再次怀疑起上面数据的有效性,尽管某些部分有时看起来似乎的确说得通。

他用开阳星统计学理论作为基础,但由于研究课题的性质,不得不调整了一些参数,并用其他数据替代了一些数值。现在,他不知第几次质疑自己,是否在哪里犯了错。他的筛选和替代是否已经摧毁了整个系统的有效性? 如果是这样的话,该怎么改才能重新有效呢?

他在心里想着选用的因素:地球的出生率和总人口、死亡率、货币价值、生活成本分布、宗教场所出席率、医学进展、科技发展、行业指数、劳动市场、世界贸易趋势……除此之外,还有许多乍看起来似乎无关紧要的因素:艺术品的拍卖价、度假的偏好和趋势、交通速度、精神失常人口的比例。

他知道,只要使用得当,开阳星数学家开发的统计学方法适用于一切,不论地点和对象。但他拿外星球的情况套用在地球上时,无可避免地进行了调整——调整之后,这系统还适用吗?

他望着图表,不禁打了个寒噤。如果他没有出错,如果一切都处理得当,如果他的调整和应用没有损坏统计系统的根本概念,那地球即将面临又一场浩大的战争，一场核武器的大屠杀。

他松开按着图表的手，它自动卷成了纸筒。

他又拿起仙女座旅客带来的水果，咬了一口，细细品味那精妙的味道。这水果确实和那位外表像鸟一般奇特的旅人所说的一样好吃。

他记得自己曾经心怀希望，认为这张基于开阳星理论的图表就算不能昭示终结战争的办法，至少也能指出一条保持和平的道路。但图表从未展示出一丝通往和平的迹象。它一次又一次不为所动、冰冷无情地指向战争。

伊诺克心想，地球人还能经得住多少次战争？

当然了，没人能说得准，但也许下次就是最后一次了。在接下来的这次冲突中，人类即将使用的武器具有前所未见的规模，没人能计算出它们会产生的结果，就连估算也不行。

当武器只有能拿在手里的那几种时，人类间的战争就已经够糟糕了；现代战争的毁灭武器更是会呼啸着飞过天空，目标足以覆盖整座城市——瞄准的不是军事基地，而是整座城市、整个国家的全部人口。

伊诺克又伸出手想打开图表，中途罢了手。没必要再看了，他对上面的内容早已烂熟于心。那里毫无希望。他可以一直研究下去，琢磨下去，直到末日来临，它也不会有任何改变。一点希望都没有。世界再次响起轰隆隆的雷声，在狂怒和无计可施的血色迷雾中迈向战争。

他继续吃着水果，味道比第一口还要美味。"你喜欢，"那位旅客说，"我再带。"但他恐怕要过很久才会再来，也许永远不会来了。每周他都会接待几位旅客，但其中许多只会来一次。常来的熟客会成为亲密的朋友。

他还记得，多年前，曾有一小群迷雾族特别安排在这里长时间停留，就坐在他面前的这张桌子边，一连聊上好几个小时。他们会带来装满食物和饮品的篮子，仿佛是来参加一次野餐。

但后来他们就不来了，上次见到他们已经是多年以前的事了。伊诺克感到很遗憾，他们是最好的相处对象。

他多喝了一杯咖啡，无所事事地坐在椅子上，回忆着那群迷雾族来访时的美好时光。

他的耳朵捕捉到细微的沙沙声。他迅速抬头一瞥，看到她坐在沙发上，穿着十九世纪六十年代带裙撑的端庄长裙。

"玛丽！"伊诺克惊讶地说，站了起来。

玛丽露出了她独有的特别笑容。她真美啊，伊诺克心想，没有哪位女性像她这么美。

"玛丽，"他说，"真高兴能见到你。"

另一位朋友也出现了，靠在壁炉上，一身联邦军的蓝军装，腰间挂着军刀，脸上留着漆黑的八字胡。

"你好啊，伊诺克。"大卫·兰瑟姆说，"希望我们没有打扰你。"

"怎么会。"伊诺克对他说,"朋友之间怎么算打扰呢?"

他站在桌边,过去就这么回来了。他从未忘怀过的美好、娴静的过去,充满玫瑰花香、毫无阴霾忧虑的过去。

远处隐隐传来横笛和鼓的乐声,还有男孩们上战场时战甲碰撞的叮当声。上校全副军装,气宇轩昂地骑在高大的黑马上,各军团的团旗在六月的劲风中飘扬。

伊诺克穿过房间,走到沙发边,对玛丽轻快地一鞠躬。

"失礼了,夫人。"他说。

"请便。"她说,"如果你有事在身……"

"完全没有。"伊诺克说,"我正盼着你们来。"

他在沙发上离她稍远的位置坐下,看到她的双手非常拘谨地叠放在腿上。他很想伸出手去拉起她的双手,并握着她的手待一会儿,但他知道这不可能。

毕竟她并不真的存在于此。

"离上次见面快一个星期了。"玛丽说,"工作进展如何,伊诺克?"

他摇摇头,"问题都没有解决。外面那些监视者还在。图表仍然显示会开战。"

大卫从壁炉台上直起身,走了过来。他找了把椅子坐下,整理好佩刀。

"现在他们打的那些仗啊,"他说,"真是够呛。不是我们当年的打法了,伊诺克。"

"是啊,"伊诺克说,"不是我们的打法了。战争就够厉害的了,但还有一件事更糟。如果地球再开战,我们就会被禁止加入宇宙联盟,就算不是永远,也至少是好几个世纪。"

"也许这不是一件坏事。"大卫说,"也许我们还没准备好加入其他那些星球。"

"也许吧。"伊诺克承认,"我确实不认为我们准备好了。但总有一天会的。如果再来一场战争,那一天就会变得更加遥远。要想加入其他种族的大部队,我们必须假装自己很文明。"

"也许,"玛丽说,"他们永远不会知道。我是说打仗的事。除了这座驿站,他们接触不到地球。"

伊诺克摇摇头,"他们会知道的。我想他们一直在观察我们。不管怎样,他们会读报纸。"

"你订阅的这些报纸?"

"我给尤利西斯留着呢。就是角落里那一摞。每次他来,都会带这么一摞回银河系中央局。要知道,在这里待了这些年,他对地球非常感兴趣。等他读了这些报纸,我想信息会从银河系中央局传达到银河的每个角落。"

"想想看,"大卫说,"如果这些报纸得知了自己的流传范围,他们的宣传部会做出什么样的发言。"

伊诺克不禁咧嘴一笑。

"乔治亚州不是有份报纸吗，"大卫说，"说自己像露水一样覆盖整个迪克西①，对于整个银河系，他们可得想出个新比喻才行。"

"手套。"玛丽飞快地说，"像手套一样包裹了整个银河系。你觉得怎么样？"

"棒极了。"大卫说。

"可怜的伊诺克。"玛丽懊悔地说，"我们在这里开玩笑，伊诺克的问题可还没解决。"

"这些自然不归我负责解决。"伊诺克告诉她，"我只是很担心。我只要躲在驿站里就没问题了。只要把门关好，这个世界面临的问题就都好好地关在外面了。"

"可你不能这么做。"

"嗯，我不能。"伊诺克说。

"我想你应该是对的。"大卫说，"其他种族应该都在观察我们。也许是为了看能否有机会邀请人类加入联盟。否则他们干吗要在地球上设立驿站？"

"他们一直在拓展交通网络。"伊诺克说，"他们需要在太阳系里开设站点，以此拓展到银河这一侧的旋臂。"

"嗯，这确实没错，"大卫说，"但不一定非得在地球上啊。他们可以在火星上建站，派个外星人来管理，一样可以达到目的。"

"我也经常这么想。"玛丽说，"他们决定在地球上建站，找地球

---

① 指美国南部各州，与北部的"洋基"相对。

人来做管理员。这一定是有理由的。"

"我也希望是这样。"伊诺克对她说,"但他们恐怕来得太早了。人类还没准备好。我们还没长大,还在青春期呢。"

"真遗憾。"玛丽说,"要不然我们能学到多少东西啊。他们知道的比我们多太多了。比如说,他们的宗教概念。"

"我不确定那能不能算是宗教。"伊诺克说,"其中并没有我们的宗教所具备的标志性要素。而且它的基础也不是信仰,不一定非得是信仰。它的基础是知识。要知道,他们已经掌握了。"

"你是说灵魂力。"

"它确实存在。"伊诺克说,"就像其他构成宇宙的力量一样真实。灵魂力和时间、空间、重力和其他所有非物质宇宙的元素一样,一直存在,而他们可以与之建立联系……"

"可你不认为,"大卫问道,"人类也能感觉得到吗?他们也许不了解那是什么,但能感觉得到。而且一直在努力地触碰它。人类没有相关的知识,所以只能通过信仰尽力而为。信仰的历史悠久,也许可以一直追溯到史前。那时的信仰还很粗浅,但仍然是一种信仰,一种对信仰的寻求。"

"可能是吧。"伊诺克说,"但我想说的其实并不是灵魂力。还有其他好多东西,物质、方法、哲学——人类都可以使用。随便哪门科学分支,都有我们现在并不具备的、可以学习的东西。"

他的思绪回到了奇特的灵魂力和更奇特的灵魂力机器上。那机器建造于几千万年前,银河系的居民通过它接触到灵魂力。那机器本身有个名字,但英语里没有哪个词能对应得上。"法器"是最接近的,但"法器"这个词太粗糙了。不过,多年之前,尤利西斯就是用这个词来称呼它的。

伊诺克心想,银河系里有那么多知识、那么多概念,地球上没有哪种语言能够准确地表达。法器不只是法器,叫这个名字的机器也不只是一台机器。它的运作机制不仅牵涉机械原理,还牵涉精神方面的原理,也许是地球尚未发现的某种精神能源。除此之外,人类无法理解的方面还有很多。伊诺克读过一些关于灵魂力和法器的文献,并在阅读过程中深深感到自己离理解它们还差得很远,人类还差得很远。那种感觉至今记忆犹新。

能够操作法器的只有某些特定的人,他们具备特定类型的头脑,此外还有某些说不清的特质(伊诺克心想,说不定是特定类型的灵魂?)。他在心里称呼这些生物为"感应者",但他同样无法确定这叫法是否恰当。法器由最有能力,或者最有效率,或者最虔诚的(说不好是哪一种)宇宙感应者看管,他们带着法器,在星球之间永不停歇地旅行。通过法器,通过守护者的干涉和代理,每个星球上的人都能与灵魂力进行单独、私人的接触。

想到这里,伊诺克不禁全身颤抖——能够伸出手去,碰触到充盈整个银河系、一定也充盈整个宇宙的灵魂力,那会是多么纯粹的狂喜体验啊。那就是保证,伊诺克心想。保证生命在伟大浩瀚的存在中自有其特殊位置,无论个体多么渺小、多么微弱、多么微不足道,在广袤的时空中仍然是有意义的。

"出什么事了吗,伊诺克?"玛丽问道。

"没事。"他说,"我只是在想别的。抱歉,我会认真听的。"

"你刚才在说,"大卫说,"银河系里有些什么。比如有一种古怪的数学。你曾经跟我们讲过一次,那是……"

"你是说大角星数学。"伊诺克说,"和上次聊天时相比,我并没能了解更多。太复杂了。它是以行为符号学为基础的。"

他心想,那东西是否能被称为数学尚有疑问,但经分析来看,十有八九是。地球上的科学家无疑可以用它将社会学科也都转化为工程学,与地球上各种工具所依赖的数学一样有逻辑,一样有效率。

"还有仙女座那个种族的生物学。"玛丽说,"就是那个殖民了好多疯狂星球的种族。"

"嗯,我知道。要像仙女座族那样使用它,地球必须在智商和情商方面都再成熟一些。不过,我想它确实有其用途。"

想到仙女座族使用生物学的方法,他的内心不禁一阵战栗。他知道,这样的反应证明了他仍是地球的一员,地球人所特有的偏见、歧视和思想桎梏都一样不落。毕竟,仙女座族所做的事再合理不过了。如果你无法以现有的形态殖民一个星球,那把形态改变不就好了。变身成能在目标星球上生活的生物,然后以这种改变后的异种形态占据它。如果需要变成一条蠕虫,那你就变成一条蠕虫——或者一只昆虫，一只海贝，无论什么都可以。改变的不仅是身体，还要改变头脑，变成在那颗星球上生活所必需的样子。

"还有那些药物，"玛丽说，"能在地球上使用的医疗知识。比如银河系中央局寄给你的那个小包裹。"

"那包药能够治愈地球上几乎所有疾病。"伊诺克说，"这也许是最让我伤心的一件事。我知道这包药就在柜子里，就在地球上，有那么多人需要它。"

"你可以寄一些样品出去，"大卫说，"寄给医学协会，或者什么药物相关机构。"

伊诺克摇摇头，"我当然也考虑过。但我必须为整个银河系着想。我对银河系中央局有义务。他们采取了大量的预防性措施，保护驿站不被人发现。除了尤利西斯，还有很多外星朋友，我不能破坏他们的计划。我不能背叛他们。说老实话，银河系中央局和他们所做的工作比地球重要得多。"

"一心分侍二主。"大卫略带嘲讽地说。

"一点没错。很多年前，有那么一段时间，我曾经想过写几篇论文，向科学期刊投稿。不是医学期刊，我对医学一窍不通。那包药就在架子上，也有使用说明，但它们不过是一些药片、药粉和药膏，我对其本质一无所知。但在其他领域，我确实知道一些东西，学到了一些知识。当然啦，我学到的也不太多，但至少可以作为探索新方向的线索，让别人继续探索下去。也许有人读了会知道接下来该怎么做。"

"你等等，"大卫说，"这办法不可能成功。你没有任何技术研究背景，也没有学历。没有一所院校和你有关系。除非你能以某种形式证明自己，否则期刊不可能发表你的文章。"

"这我自然清楚。所以我根本没有写。我知道这样做徒劳无功。不是期刊的错，他们必须为文章负责。不是谁都能在上面发表。就算他们带着足够的尊重审核我的论文，并且决定发表，他们也得先查明我的身份。这会让他们直接找到驿站来。"

"但就算你真的发表了论文，"大卫指出，"你还是逃不过麻烦。你刚才也说了，你的忠心有一部分是向着银河系中央局的。"

"在这件事上，"伊诺克说，"如果我成功发表了论文，倒也没什么问题。如果你只是抛出一些设想，让地球科学家自己去研究，那对银河系中央局不会造成任何危害。最主要的问题还是在于不能泄露信息来源。"

"即便如此，"大卫说，"你能告诉他们的东西也不多。我的意思是，基本上，你就不具备该有的条件。有太多银河系知识不在地球体系的正道上了。"

"我知道。"伊诺克说，"比如御夫座三的精神工程学。如果地球能对此有所了解，我们一定能找到治疗神经和精神疾病的线索。精神病院都将空空如也，那些建筑可以拆掉，也可以用来干别的。不会再有精神病院了。但能教会我们那些的只有御夫座三的居民。

我知道他们的精神工程学很出名,但我的了解也就仅限于此。我根本不知道那里面包含了什么内容。那是只能通过外星种族学到的知识。"

"你所说的其实是那些没有名字的科学,"玛丽说,"那些人类连想都没有想过的科学。"

"比如说,我们。"大卫说。

"大卫!"玛丽喊道。

"没必要假装我们是真实的人类。"大卫生气地说。

"可你们是真实的。"伊诺克急切地说,"对我来说,你们就是真人。你们是我唯一能见到的人。有什么不对吗,大卫?"

"我想,"大卫说,"是时候把我们的真实身份摊开来说个明白了。我们是幻影。有人创造并召唤了我们。我们的存在只有一个目的,那就是来这里与你聊天,来弥补你无法与真实人类接触的缺憾。"

"玛丽,"伊诺克叫道,"你不会也这么想吧!你不能也这么想!"

他向玛丽伸出双手,随即又垂下手臂,因意识到自己想做什么而惊恐不已。这是他第一次试图去碰触她。这么多年来,这是他第一次疏忽大意。

"对不起,玛丽。我不该这么做。"

她的眼中满溢泪水。

"真希望你能碰到我,"她说,"哦,我多么希望你能!"

"大卫。"伊诺克说，没有扭头。

"大卫离开了。"玛丽说。

"他不会再回来了。"伊诺克说。

玛丽摇摇头。

"怎么了，玛丽？这到底是怎么回事？我干了什么！"

"没什么。"玛丽说，"你只是把我们做得有点太真实了。我们变得越来越像人类，几乎真的成了人类。我们不再是玩偶，不再是徒有其表的娃娃，而是真正的人。我想，大卫一定对此心怀愤恨——不是对成为人类这件事，而是因为即便成了人类，他也仍然只是一个影子。当我们还是玩偶或娃娃的时候，这并不重要，因为我们那时还不是人。我们没有人类的情感。"

"玛丽，求你了。"伊诺克说，"玛丽，求你原谅我。"

玛丽俯身靠近，脸上流露出深深柔情。"没什么原不原谅的。"她说，"我想，我们应该感谢你才是。你出于对我们的爱和需要创造了我们，能感受到被人爱、被人需要是件美妙的事。"

"但我已经不再创造你们了。"伊诺克语带恳求，"我确实曾经创造了你们，很久以前，我别无选择。但现在已经不了。现在你们来看我，完全是出于你们自己的意愿。"

已经多少年了？伊诺克很想知道。肯定至少有五十年了。玛丽是第一个，大卫是第二个。在他创造的所有人里，他们两位是最先诞生的，也是与他最亲密、他最珍惜的。

在那之前,远在他实际动手之前,他花了很多年研究从星宿二十二的术士那里传下来的无名科学。

由于时代和思想的局限,这门科学曾经被人视作黑魔法,但那并不是黑魔法。那是对宇宙中某些自然元素的人为操纵,只是这些元素至今尚未为人类所知。也许人类永远也不会知道了。要发现它们必须进行一些科学研究,而人类至少目前还不具备那些研究所需的科学思维。

"大卫觉得,"玛丽说,"我们不可能一直这样下去,一次又一次这样来看你。我们迟早要直面自己的真实身份。"

"其他人呢?"

"抱歉,伊诺克。其他人也一样。"

"那你呢? 你呢,玛丽?"

"我不知道。"她说,"我不一样。我非常爱你。"

"我也……"

"不,我不是这个意思。你不明白吗! 我爱上你了。"

伊诺克呆呆地盯着她,感觉被巨大的轰鸣声所环绕,仿佛只有他自己一动不动地站着,世界和时间从他身边呼啸而过。

"如果能一直保持不变该多好啊,"玛丽说,"就像刚开始那样,光是存在就让我们欢喜,我们的感情如此浅薄,过得如此快乐。就像无忧无虑的小孩子,在阳光下奔跑。但我们后来都长大了。我恐怕比其他人更甚。"

她冲伊诺克微笑，眼中泪光闪烁。

"别太在意了，伊诺克。我们可以……"

"亲爱的，"伊诺克说，"自从第一天见到你，我就爱上你了。也许比那还要早。"

他向玛丽伸出一只手，随即记起这有多徒劳，又缩了回去。

"我之前不知道。"她说，"我不该告诉你的。你本可以接受这一切，可是现在你知道了，我也爱你。"

伊诺克麻木地点点头。

玛丽垂下头，"老天，我们做了什么，要遭到这样的对待。"

她抬头望着伊诺克，"如果能触碰到你该有多好啊！"

"我们还可以继续，"伊诺克说，"就像以前那样。你还是随时都可以来看我。我们可以……"

玛丽摇摇头，"办不到。"她说，"你我都受不了。"

伊诺克知道，她说得对。他知道，事情已经无法挽回。玛丽和其他人时不时地来拜访他，已经有五十年了。以后他们不会再来了。仙境片片粉碎，魔咒被打破了。此后他将孤身一人，比以往任何时候都更加孤独，比认识玛丽之前的他还要孤独。

她不会再来了，就算伊诺克有能力再次召唤她，他也不会这么做了。他的幻影世界、幻影爱人，他所拥有过的唯一的爱人，将永远不复存在。

"别了，亲爱的。"他说。

已经太迟了。玛丽已经消失不见。

远处隐约传来低吟般的哨声,提醒他有消息传来。

13

玛丽说，他们必须直面自己的真实身份。

他们的真实身份是什么呢？不是伊诺克以为他们是什么，而是实际上，他们到底是什么？他们觉得自己是什么？也许他们比伊诺克知道得更清楚。

玛丽消失后去了哪里？当她离开这个房间，她进入的是什么样的混沌幽域？她还存在吗？如果答案是肯定的，那又是怎样的一种存在？她是否会被存放在某个地方，就像小女孩把娃娃放回盒子，塞进存放其他娃娃的壁橱里？

伊诺克试图想象天堂与地狱之间的幽域，那里是一片虚无。如果这是真的，进入幽域的灵魂就是不存在中的存在。那里什么都没有——没有时间，也没有空间；没有光，也没有空气；没有颜色，也没有视觉。只有一片无穷无尽的无,位于宇宙之外的某个地方。

玛丽!他在心中无声呐喊。玛丽,我到底对你做了什么?

答案就在他心里,赤裸而残酷。

他染指了自己并不理解的事物。不仅如此,他更大的罪过在于误以为自己理解。事实上,他的理解只够勉强将概念加以应用,却不足以意识到应用的后果。

创造会带来责任,而他无力承担做错事带来的后果,最多只能受到良心的折磨。如果没有能力做出行动,这种折磨根本一文不值。

他们恨他,对他充满怨怼。伊诺克不怪他们。是他带他们出来,向他们展示了充满希望的人类大地,然后又领他们重返图圄。他给了他们人类所拥有的一切,除了一点,也是最重要的一点:在人类世界里存在的可能性。

所有人都恨他,除了玛丽。而玛丽的境遇比心怀仇恨更加可怕。因为伊诺克赋予了她人性和美德,她不可避免地爱上了创造自己的怪物。

恨我吧,玛丽。伊诺克在心里恳求。像其他人那样恨我吧!

他在心里称他们为幻影人,但这只是他为了方便取的名字,不过是个标签,想到他们的时候可以用来指代。

但这标签并不准确,他们既不像影子,也不像幽灵。他们的样子和普通人同样真切,有着实实在在的体积和重量。只有当试图触碰他们时，他们才不是真实的——伸手去触摸，只会摸到一片虚空。

一开始，伊诺克以为他们不过是他头脑的虚构产物，但现在，他不再肯定。最初，只有当他召唤时，他们才会出现。他在研究星宿二十二术士的成就时获得了召唤所需的知识和技术。但近些年里，他没有再召唤过他们。根本无须召唤。他们总会抢先一步，在伊诺克召唤之前就出现。他们能够感知到他的需要，即便他自己都还没有意识到。每次他们都会在这里等他，与他共度一个小时，或者一整个夜晚。

从某种程度上说，他们当然也是伊诺克头脑虚构出的产物，毕竟是他塑造了他们，有些部分也许是无意识的，他自己也不知道为什么会把他们塑造成这样。但是，最近这几年，他已经明白了，尽管他一直努力让自己不明白。如果能一直蒙在鼓里，他会更为满足。这是他从来没有承认过的事实，一直将它使劲推开。但现在一切都结束了，一切都无关紧要了，他终于承认了事实。

大卫·兰瑟姆就是他自己，是他梦想成为的人，希望自己能够成为的人——当然，也是他从来都没能成为的人。他是潇洒的联邦军官，级别没高到举手投足都拘泥僵硬，但也比普通士兵高出一等。他身材修长，风度翩翩，相当胆大妄为，是女性爱慕和男性崇拜的对象。他是天生的领袖，同时也是优秀的同伴，在战场上和会客室里都同样如鱼得水。

玛丽呢？好奇怪，他心想，他一直叫她玛丽，从来没用过别的名字。她也没有姓氏，就只是单纯的玛丽。

她至少是两位女性的集合体，也许还有更多。首先，她是萨莉·布朗，以前就住在这条街上——伊诺克不禁好奇，自己有多少年没有想起过萨莉·布朗了？他知道这很奇怪，自己之前居然从来没有想起过她，现在还因为回忆起这个名为萨莉·布朗的邻家姑娘而震惊不已。他们曾经相爱过，或者只是自以为彼此相爱过。因为即便是在后来的岁月里，当他还能回忆起她的时候，就算透过时光的浪漫迷雾，伊诺克也从来都不能确定，他们当时是真的相爱，还是仅仅沉醉在士兵出征的浪漫气氛里。那是种害羞、笨拙、懵懂的爱，是互为邻居的农家之女对农家之子的爱。两人说好，等伊诺克打仗回来就结婚，但葛底斯堡战役过后没几天，他接到了一封已经写就三个多星期的信，告诉他萨莉·布朗感染白喉，不幸病逝。他记得自己曾为她哀悼，但想不起哀悼得有多么沉痛。想必相当沉痛吧，因为那个年代的风俗就是要长时间、沉痛地悼念。

所以玛丽毫无疑问有一部分是萨莉·布朗，但不全是。她同时也是那个高大、威严的南方姑娘，是他在弗吉尼亚州灼热阳光下行军时匆匆瞥过一眼的女人。离道路稍远的地方有座种植园常见的豪华宅邸，她就站在宅邸前廊上，在巨大的白色石柱边望着走过去的敌军队伍。她一头黑发，肤色比石柱还要白。她站得笔直而骄傲，如此目中无人、飞扬跋扈，以至于在那些尘土飞扬、汗水与鲜血齐飞的战斗的日夜里，伊诺克也从来没有忘记过她。他不断地想起她、梦到她,虽然连她的名字都不清楚。他一边想起她、梦到她,一边怀疑这是否相当于对萨莉不忠。当他坐在篝火边,战友们的谈话声渐渐小下去时,还有裹在毯子里望着天空时,他都会沉浸在幻想里,想象战争结束了,他回到弗吉尼亚州的那座宅邸,去找那个姑娘。也许她已经不在那里了,那他就在南方各州四处游荡,寻找她的踪迹。事实上,他从未回去过。他并不是真心想找到她。那只是篝火边的美梦罢了。

玛丽是两位姑娘的结合体——她既是萨莉·布朗,又是维吉尼亚州那位站在石柱边遥望军队前行的美丽女子。她是她们的影子,也许还是其他很多伊诺克并未意识到的人的影子,是他所认识的、见过的、爱慕过的女性的综合体。她是理想和完美的化身,是伊诺克内心创造出的完美女性。现在,她也像萨莉·布朗一样在墓中长眠,像弗吉尼亚州的女子一样在时间的迷雾中消散,像其他所有可能对他的塑造有所贡献的女人一样,永远地离开了他。

伊诺克的确爱过她,因为她是他所爱过的人的综合体,包括他曾经爱过的女人(如果他真的爱过谁的话)和他自以为爱过的女人,哪怕是抽象意义上的爱。

但他从来没有想过,玛丽也会爱上他。不知道她也爱他的时候,他完全可以把对玛丽的爱意藏在心里,虽然清楚它有多么无望,至少这是他所能做到的最好。

他不禁想知道玛丽如今身在何方,回到了哪里。是回到了他没能成功想象出的幽域，还是某种奇特的不存在状态，毫无知觉地等待着下次来到他身边？

伊诺克抬起双手，把脸深深埋在手掌里，沉浸在无尽的痛苦与歉疚中。

玛丽再也不会来了。他衷心盼望她不会再来。这样对他们两人都好。

如果能确定她现在在哪里就好了，伊诺克心想。只要能确定她处于与死亡相仿的状态，不会受到万般思绪的折磨，那就够了。如果她此刻仍有知觉，那实在超过了一个人能忍受的极限。

新留言提醒的哨声响起，伊诺克抬起头来。但他没有起身。

他麻木地伸出手，摸向沙发边的咖啡桌。桌上摆着些五颜六色的小摆设和小玩意儿，都是旅行者留下的纪念品。

伊诺克拿起一块立方体，握在手里。它的质地也许是某种奇怪的玻璃，也许是半透明的石头，伊诺克一直没能确定。他定睛凝视立方体，在里面看到一幅细节翔实的三维立体图，描绘着仙境般的景象。那是个漂亮又怪诞的地方，似乎是一片林间旷地，四周长满了宛如开花的毒薹般的植物。空中纷纷扬扬地飘落着一些粉尘，仿佛是空气的一部分，这些怎么看都像是宝石的碎屑，在巨大的蓝色太阳洒下的紫色光芒中闪闪发亮。旷地间有些生物在跳舞，模样更像植物而不是动物，动作中饱含优雅与诗意，光是看着就让人热血沸腾。很快，仙境消失了，取而代之的是另一个地方。这里一片荒芜，气氛阴沉，怒张的红色天空下有层叠的悬崖连地拔起，模样萧瑟而荒凉。身形巨大的生物在悬崖间飞上飞下，外形好似飘动的洗碗布，还有几只在形状杂乱无章的岩壁凸起物上栖息，那些想必是某种畸形树木。悬崖下方传来河流孤独的隆隆水声，遥远得让人无法判断距离。

伊诺克把立方体放回桌上。他不知道在里面看到的到底是什么。感觉就像在翻一本书，每一页都印着一个异世界，但没有任何提示告诉你是哪里。刚拿到这块立方体的时候，他一连好几个小时沉迷其中，看着手中的影像不断变化。从来没有哪幅画面让人觉得似曾相识，影像的变化也无穷无尽。观看者会觉得它们不只是影像，而是身临其境，随时可能一个不稳，就会从落脚的地方跌落，一头扎进那个世界。

但最后他还是厌倦了，因为这项活动毫无意义，他不过是瞪眼看着一长串不明场景从眼前掠过。当然了，这对他毫无意义，但对于礼物的赠予者，来自危宿三卫五的居民来说显然并非如此。伊诺克提醒自己，它说不定意义重大，是件无价之宝。

许多纪念品对他来说都是这样。即便是那些让他感到愉悦的纪念品，他很可能也搞错了用法，或者没有按照制作者的本意来使用。

有一小部分的纪念品具备他也能理解并欣赏的价值，但大多数时候，那些功能对他都没有用。比如有个小巧的时钟能够提供银河系所有分区的本地时间,这很有趣,在某些情况下想必也是不可或缺的工具,但伊诺克用不上。还有个香水混合器,这是他所能想出的最合适的命名了,它能制造出人们想要的任何气味。只要放入想放的混合液,打开开关,整个房间就会一直充满那种气味,直到混合器关上。他从中得到了不少乐趣:某个寒冷的冬日,经过长时间的实验,他终于造出了苹果花的香气;还有一天,窗外下着暴风雪,而他一直沉浸在春日的芬芳中。

伊诺克伸出手,又拿起了另一样物品。它很漂亮,总是让人入迷,但伊诺克没能发现它的实际用途,也不知道它是不是真的有实用性。他告诉自己,这件物品很可能只是一件艺术品,纯粹只为了让人观赏它的美。然而,这件物品有种特别的气氛(不知道这个词是否恰当),伊诺克相信它一定具备独特的功能。

这是个由许多球体组成的金字塔,体积较小的球体垒在体积较大的球体之上。它高达三十六厘米,外表精美,每个球体的颜色都不一样——那些颜色不是简单涂上去的,而是深沉又真实,让人凭直觉就明白,那是每个球体本身自带的颜色,从中心到表面都是同一种颜色。

没有任何痕迹表明有胶水之类的介质将球体黏合在一起。不管怎么看,感觉都像是有人把这些球体一个个叠放起来,然后它们就自然维持了这样的状态。

伊诺克将金字塔捧在手里,试图回忆送这件纪念品的是谁,但记忆一片空白。

留言机的哨声又起，他该干正事了。不能干坐在这里，就这么虚度一整个下午。伊诺克告诉自己。他把球体金字塔放回桌上，站起身，走到房间另一头。

传来的信息是这样的：

致18327号站的406303号信息。旅客于16532.82抵达。来自织女星二十一。出发时间待定。无行李。立柜即可，本地环境。请确认。

伊诺克读着信息，心中一喜。如果能再见到迷雾族，那可就太好了。上次有迷雾族经过已经是一个多月前。

他还记得首次见到迷雾族的那天，一下子来了五个人。那应该是一九一四年或一九一五年。伊诺克知道，第一次世界大战马上就要爆发了，那时大家都称其为"大战"。

这一次，迷雾族会和尤利西斯在差不多的时间抵达，三人可以共度愉快的夜晚。能有两个好朋友同时造访，这种情况并不多见。

伊诺克意识到自己将迷雾族视为朋友，心里暗自吃惊，毕竟这个个体和他应该是第一次见面。但这无关紧要，只要是迷雾族，随便哪个迷雾族个体，都是他的朋友。

伊诺克将立柜推到物化机下方，重新仔细检查了一遍，回到留言机前回复确认。

　　整个过程中，他一直在记忆中搜寻。是一九一四年吗，还是再晚些时候？

　　他走到记录柜前，打开一个抽屉，找到了织女星二十一。第一个日期是一九一五年七月十二日。他从书架上抽出相应的记录簿，拿着它走到书桌边，快速翻动纸页，找到了那一天的记录。

14

一九一五年七月十二日——今天下午(3:20 P.M.)来了五位织女星二十一的客人,这是该种族首次经过这个驿站。他们是两足生物,外表与人类相似,一眼看上去似乎并非由血肉组成——对于他们这样的造物,血肉的概念恐怕过于恶心了。但是,他们当然也和其他生物一样是血肉之躯。他们的身体在发光,那并不是肉眼可见的光线,而是一种如影随形的光晕。

就我所了解到的内容来判断,他们五位在性关系方面是一个集体,但我恐怕没有很好地理解,这部分实在让人困惑。他们的态度愉快、友好,身上有种暗自发笑的气氛,发笑的对象似乎是整个宇宙,而不是什么具体事物,仿佛在享受某个非常宏大、非常私人、只有他们自己才懂的笑话。他们在度假,要去另一个星球参加节日庆典(尽管这个词可能不那么准确),那是许多种族一起举行的为期一周的狂欢节。至于他们是如何接到邀请、又为什么会受邀,我不得而知。能参加这个庆典一定是种特别的荣幸,但就我所见,他们并不这么认为,反而将其视为理所当然。他们非常快活,无忧无虑,极富自信,泰然自若。现在回想起来,我敢说他们平常就是那个样子。我有点嫉妒他们能那样无忧无虑、无比快活,并努力想象生命和宇宙在他们眼中是多么新颖、有趣,以至于对他们那无所顾忌的快乐感到了一丝愤恨。

我遵从指示挂起了吊床,但他们并没在上面睡觉。他们带来了装满食物和饮品的餐篮,围坐在我的桌子边,交谈吃喝。他们邀请我一起坐下,并挑选了两道菜和一瓶饮品,向我保证这几样对我来说也很安全,其他东西则可能对我这种拥有新陈代谢系统的生物有害。食物非常好吃,是我从来没有尝过的味道。其中一道菜很像最稀有、最美味的陈年奶酪,另一道则有不属于人间的甜美。饮品与最高档的白兰地类似,黄色的液体,与水的质地差不多。

他们询问我和地球的情况,言辞礼貌,似乎是真的感兴趣,对我的回答也理解得很快。他们告诉我此行前往的星球,我从来没听说过那地方的名字。他们快乐地彼此交谈,但从不将我排除在外。从他们的谈话中,我了解到,这场节日祭典中会展出某种形式不明的艺术。那种艺术不是单纯的音乐或绘画,而是涵盖了声音、颜色、情感、形状等多种表现形式,此外还有一些表现形式无法用地球语言描述,我也不能完全理解,只能从他们的对话中得到一些非常肤浅的印象。根据我的理解,里面有种三维立体的交响乐,但这当然不是正确的描述,谱写这种交响乐的不是个体,而是一个团队。他们热情地谈论着这种艺术形式,我大致明白,它不仅会持续几个小时,而且会持续几天。看客和观众并非呆坐着聆听或观看,而是可以亲身参与,或者说必须亲身参与,才能真正地享受它。但我不懂具体要怎样参与,想问又觉得不妥。他们聊起到时候会遇到的人,最后一次见面是什么时候,还聊了那些生物的八卦,但语带善意。我得到的印象是,他们和许多人都会为了寻求快乐而在星际间旅行。但我无法判断,他们的旅行是否还有享乐之外的目的。我猜想应该是有的。

他们还聊到其他节日,有些节日的形式并不是之前所提到的那种艺术,而是更为专业、具体的艺术内容,我无法推断出更准确的信息。他们似乎在各种节日中得到了无穷无尽的快乐,而制造这种快乐的听起来除了艺术,还有其他重要事物。我没能参与这部分谈话,因为老实说,没有我参与的机会。我本想问些问题,但也没这个机会。就算我问了,这些问题在他们听来想必也很愚蠢,但如果有这个机会,我不会因此而放弃提问。然而,尽管没有机会插话,他们始终没有让我感觉自己像个局外人。他们并没有努力让我加入的明显举动,但我始终感觉自己是属于这个群体的一分子,而不只是与他们共度短暂时光的驿站管理员。他们偶尔会用自己星球的语言说两句，那是我所听过的最优美的语言。但大多数时候，他们用许多类人种族为图方便而通用的混杂语交谈，我猜这是为我着想，实在贴心。我相信，他们是我所见过的文明程度最高的种族。

之前我说过，他们都在发光，我想更准确的说法应该是他们散发着高尚精神的光芒。他们似乎包裹在闪闪发光的金色雾气里，这种雾气碰触到的一切都会变得快乐起来——他们仿佛生活在不为他人知晓的独有世界里。我坐在他们中间，似乎也被这种金色雾气所包裹，血管里涌动着奇特、安静而深沉的幸福波浪。我很好奇他们的种族和星球是通过怎样的路径抵达这种黄金状态的，而我的星球是否有希望在遥远的未来也抵达同一个地方。

这种快乐的背后存在着巨大的生命力，奔腾喷涌的精神力下是强大的内在力量和对生命的热爱，充斥在他们身体的每一个细胞中，满溢在他们度过的每一个瞬间里。

他们只待了两个小时，时间过得如此之快，我不得不再次提醒他们该走了。离开之前，他们在桌上留下两个小包裹，说是送我的礼物，并且感谢我的桌子（好奇特的谢法），说了再见后走进立柜（特大号），我送走了他们。他们离开后，金雾仍在室内徘徊，过了好几个小时才完全消散。我真希望能和他们一起去那个星球参加庆典。

他们留下的包裹中，有一个装着十二瓶类似白兰地的饮品。那些瓶子本身就是艺术品，每个的样子都不一样。我认为它们是钻石做的，但无法确定是人造钻石，还是经过雕刻的天然钻石。无论是哪种,肯定都是无价之宝。每个瓶子上都雕刻着各式各样的符号,多得让人瞠目结舌,每种符号都有其独特的美。另一个包裹里则装着——嗯,想不出更好的名字,就称之为音乐盒吧。盒子本身是象牙质地,古老泛黄,像丝缎一样光滑,上面雕刻着我无法理解的复杂花纹。盒子顶上有个圆圈,外面是一圈刻度。当我把圆圈转到第一道刻痕上时,盒子就放出了音乐,五彩缤纷的光线来回交织,整个房间充盈着华丽多彩的颜色,金雾隐约穿梭其中。同时,盒子里还飘出了足以充盈整个屋子的香味,还有感觉或情感,随便怎么称呼。那东西能将人裹挟其间,唤起悲哀、快乐,或其他与音乐、颜色和气味相配套的情绪。盒子里现出的是一整个世界,让人可以体验整首交响乐,不管那到底叫不叫这个名字——体验要求一个人用上自己的一切,全部的情感、信仰和智慧。我相信,这就是他们所谈论的那种艺术形式的记录版。盒子里不止一首交响乐,而是整整二百零六首,因为刻度上有二百零六道刻痕,每道刻痕都会出现一首不同的作品。我计划将它们一一播放,对每一首作品进行记录,并根据特征为其命名,这样的话,除了享受,也许还能获得某些知识。

15

十二个钻石瓶早已空空如也,如今摆在壁炉台上熠熠生辉。音乐盒是他最心爱的物品之一,存放在柜子里,保证万无一失。伊诺克颇为遗憾地想,这么多年来,尽管他已经使用得相当频繁,还是没能将所有的乐曲都播完。许多排序靠前的乐曲让他忍不住反复欣赏,所以至今也只听了一多半。

那五位迷雾族后来还时不时从这里经过,仿佛这个驿站和负责这个驿站的人具有令他们欣赏的闪光点。他们帮伊诺克学习织女星语言,给他带来印有织女星文学的卷轴和许多其他礼物。毫无疑问,他们是所有外星生物中(除了尤利西斯之外),与伊诺克最为亲密的朋友。然后从某一天起,他们就再也没来过。伊诺克不知道为什么。再有其他迷雾族来到驿站时,他询问过那五位的近况,但从来没能得知他们的下落。

对于迷雾族,对于他们的艺术形式、传统、习俗和历史,如今的他比一九一五年第一次记录时要了解得多。但他仍然远远没有掌握许多迷雾族习以为常的概念。

从一九一五年初次见面以来,曾有许多迷雾族路过这里,其中有一位让伊诺克印象深刻:那是一位年长而睿智的哲学家,猝死在沙发旁的地板上。

他们本来坐在沙发上聊着天,伊诺克甚至还记得当时在说什么。迷雾族老人在讲他曾去过银河系边缘另一侧的某颗脱轨星球,上面住着奇特的群居蔬菜族,他们建立起的道德准则十分反常,不合逻辑,引人发笑。老人喝了一两杯酒,精神焕发,激情洋溢地讲着一件又一件旅途轶事。

某句话说到一半,他突然噤了声,无声无息地向前倒去。伊诺克吃了一惊,伸手去扶他,但还没来得及碰到对方,外星老人就缓缓地瘫倒在地。

金雾从他身上褪去,逐渐消散,只剩下他的身体在地上堆成一摊,棱角分明,丑陋不堪,与这里的一切格格不入,既凄惨又丑陋。在伊诺克看来,那比他所见过的来自外星的任何东西都要更加丑陋。

生前,他曾是美好的造物,死后却只是一具陈旧皮囊,由长满鳞片的皮肤拉扯而成,将形状狰狞的骨头装在一起。伊诺克在近似惊骇的情绪中咽了口口水,心想,是金雾让迷雾族显得奇妙而美丽,生气勃勃,活泼而敏捷,饱含尊严。金雾就是他们的生命,当金雾散去,他们就变成了让人厌恶的恐怖存在。

伊诺克心想,也许金雾就是迷雾族生命力的来源,他们像穿斗篷那样把金雾裹在身上,作为从头到脚的伪装?也许其他生物的生命力都在体内,只有他们的暴露在外?

一阵轻风穿过山墙顶端的姜饼式雕刻房檐,发出可怜的哀鸣。窗外可以望见排队般聚集起来的云朵群,溃不成形、拖拖拉拉地向天边退却,遮挡东方升起一半的月亮。

冰冷和孤独在驿站中弥漫——那孤独蔓延得越来越远,远远超过了地球上孤独所能抵达的界限。

伊诺克从尸体前转过身,动作僵硬地穿过房间,走到留言机前。他发送信号请求与银河系中央局直接通话,双手紧紧抓着机器两侧,一动不动地等待着。

请讲。银河系中央局说。

伊诺克尽量客观、简短地描述了情况。

另一侧的信息不见犹豫,也没有对他发问,只是发来简单的指示(仿佛这种事很常见),告诉他该如何处理。织女星人必须就地长眠,根据死亡时所在星球的当地习俗处置遗体。这就是织女星的法律,也是他们维护自身荣誉的方式。织女星人倒在哪里,就永远属于哪里,那个地方也会永远成为织女星二十一的一部分。银河系中央局说,银河系里到处都有这样的地方。

伊诺克打字:**这里的习俗是埋葬死者。**

那就埋葬织女星旅客。

我们还会读一两段《圣经》。

那就给织女星旅客读一段吧。你一个人做得到?

能。我们通常交给宗教人士。但就目前情况,那样做是不明智
的。

银河系中央局说:**同意。你一个人也能做得一样好?**

能。

那么交给你就是最合适的。

会有亲戚朋友来参加吗?

不会。

你能通知他们吗?

官方通知当然可以。但他们已经知道了。

他刚死没两分钟。

尽管如此,他们已经知道了。

死亡证明呢?

没必要。他们知道他死了。

那他的行李呢? 有个行李箱。

留着吧。属于你了。作为你为尊贵死者提供服务的谢礼。这
也是法律的一部分。

但里面也许有重要物品。

把行李箱留下。拒绝是对死者的侮辱。

还有什么吗？ 伊诺克问道，**就这些？**

就这些。将织女星旅客当作你的同胞处理即可。

伊诺克删掉信息，走回房间另一侧。他在迷雾族老人身旁站定，做着心理准备，想说服自己将尸体抱起来放到沙发上。他瑟缩着，实在不想碰触尸体。它是如此肮脏、可怖，简直是对刚才与他对谈的那个熠熠生辉的生物的亵渎。

自从与迷雾族相遇以来，伊诺克一向欣赏他们、仰慕他们，期盼着能与他们再次相遇，无论是哪个个体都好。而现在，他僵立原地，一个瑟瑟发抖的懦夫，连碰触一位死者都做不到。

这不仅仅是由于恐惧。在驿站做管理员的这些年，他见过不少外形骇人的外星生物。但他早已学会压抑这种恐惧感，尽量不去理会对方外表如何，将所有生物视作手足，视作与人类平等的种族。

伊诺克心里清楚，他所感到的不只是恐怖，还有某种未知的感情。然而，他提醒自己，眼前这摊东西是他的朋友。他必须对死去的友人心怀尊敬，致以友爱和关怀。

伊诺克不再细想，迫使自己完成任务。他弯腰抱起尸体。尸体轻得几乎没有重量，仿佛死后丧失了整整一个维度，变得渺小而无足轻重。伊诺克心想，也许那股金雾自有其重量？

他将尸体放到沙发上，尽己所能地把尸体放平。然后他出了门,点燃窝棚里的煤油灯,去了畜棚一趟。

上次到畜棚来已经是很多年前的事了,但这里并无改变。严丝合缝的屋顶保护它不受风雨侵袭,室内舒适而干燥。房梁上挂着些蜘蛛网,四处灰尘遍布。头上是存放干草的阁楼,地板缝隙间漏出一些杂乱的干草,已经放了不知多久。这里有一股甜乎乎的干燥的灰尘气味,以前动物和粪便的味道早已散尽。

伊诺克将油灯挂在一排柱子后面的挂钉上,爬梯子上了阁楼。他不敢把油灯带到满是灰尘的大堆干草间。他在黑暗中摸索了一会,找到了房檐下方的一摞橡木板。

他记得小时候曾把斜檐下的这块地方当成自己的洞穴,不能出门的雨天,他在这里度过了许多快乐时光。他假扮流落到荒岛洞穴的鲁滨孙,或是躲避警察的无名逃犯,又或是在躲避头皮狩猎者的印第安人。他有一把枪,是从木板上锯下一块后用刮胡刀和小刀加工,再用玻璃打磨光滑的木枪。整个童年时代,他都很珍惜那把枪,直到十二岁的某一天,父亲进了一趟城,回家时给了他一把真正的步枪。

他在黑暗中摸索着那叠木板,通过触感挑选。他将挑出的几块木板扛到梯子边,小心地将它们滑到下方的地板上。

然后他爬下梯子,走上几节短短的台阶,进了存放工具的谷仓。他掀开大型工具箱的盖子,发现里面满是遗弃多时的老鼠窝。鼠类曾在这里堆积稻草、干草和青草安家,伊诺克将这些草一把把地揪出来，露出下方的工具。工具的光泽已经消失，表面被因长久闲置而滋生的铜绿染得发灰，但并没有生锈，刀刃边缘仍保持着原有的锋利。

伊诺克挑了几把工具，回到谷仓下方，开始工作。他想起一个世纪以前，他也干过同样的活儿，借着提灯的光芒制造棺材。那时，躺在房子里的是他父亲。

橡木板又干又硬，但工具还算完好，足以对付它们。伊诺克锯木，刨木，用锤子敲打，空中弥漫着锯末的气味。谷仓舒适而安静，成堆摆放的干草挡住了户外抱怨不休的风声。

伊诺克造好了棺材。棺材比他想象的还沉，于是他找出靠在马厩后墙边、曾为马匹使用的旧独轮车，将棺材搬到车上。他费了好大力气才把棺材一路推进苹果林里小小的墓园，途中多次停下来休息。

他带了铁锹和镐，在父亲的坟墓旁边挖了一座新坟。他没能挖到理想的深度，没能挖到习俗规定的一点八米，因为他知道，如果挖到那么深，他就再也无法把棺材放进去了。所以他把提灯摆在土堆上，借着微弱的灯光挖了不到一点二米深。一只猫头鹰从树林飞来，在果林看不见的地方坐了一会儿，断续的鸣叫中还夹杂着叽叽咕咕的声音。月亮沉向西方，参差不齐的云朵逐渐变得稀疏，露出背后的星光。

最后伊诺克终于干完了活儿，坟墓挖好了，棺材也摆在墓穴里了,提灯里的煤油几乎耗尽,火光闪烁不定,灯身倾斜的角度把烟道熏黑了一片。

回到驿站后,伊诺克找来一张床单,裹好尸体。他往口袋里揣了本《圣经》,抱起裹在床单里的织女星旅客,借着黎明降临前的第一缕微光走入苹果林。他把织女星旅客放入棺材,将棺材盖用钉子钉好,然后爬出了墓穴。

站在墓穴边,他从口袋里拿出《圣经》,找了个地方站定。然后他大声朗读起来,几乎不需要在昏暗的天光下瞪大眼睛去读纸上的文字,因为他已经多次读过这一章:

在我父的家里有许多住处;若是没有,我就早已告诉你们了……

他一边朗读,一边想着这段文字是多么恰当。银河系有那么多灵魂,一定也该有无数座房子才能安置这些灵魂——不仅是这个银河系,还有宇宙中也许是无止无尽延续下去的所有星系。不过,如果能达到相互理解,也许一座房子就够了。

他读完那一段,开始凭记忆背诵安葬祷文,并不是每个词都有把握。但已经足以传达其中的意义,他对自己说。然后他铲土填入墓穴。

星星和月亮都已消失,风也停了。在清晨的宁静中,东方的天空显出珍珠般的粉红色。

伊诺克握着铲子，站在墓边。

"别了，朋友。"他说。

然后他转过身，在清晨的第一缕阳光中走回了驿站。

16

伊诺克从桌前站起身,拿着记录簿走回书架边,将它放回架上。

他转过身,迟疑地站着。

他有几件事要做。他应该把报纸读了,把日志写了。最近几期《地球物理学研究期刊》里有两篇论文也应该看看。

但他一件事也不想干。有太多要思考,太多要担忧,太多要哀悼了。

那些监视者还在。他失去了幻影友人。世界正在走向战争。

不过,也许他不必担心世界变成怎样。他随时都可以抛弃这个世界,退出人类种族。只要他不出门,不打开房门,世界会做什么、会发生什么都与他无关。他有自己的世界。他的世界之大远远超过驿站外面所有人的想象。他不需要地球。

但他这么想着，心里也清楚这想法站不住脚。他仍然需要地球，尽管这种需要奇特而滑稽。

他走到门边念出口令，门开了。他走入窝棚，门在他身后关上了。

他绕过屋角，在通往门廊的台阶上坐了下来。

一切就是从这里开始的，他心想。很久以前的那个夏日，他就是坐在这里，而群星伸出手，越过广袤无垠的空间深渊，指向了他。

太阳低垂在西方，黄昏将至。白昼的热度已经下降，一阵凉爽的微风在通往河谷的旷野中悄然吹起。在地势较低的田野上，乌鸦在森林边缘嘎嘎叫着，在空中来回盘旋。

伊诺克知道，他很难紧锁大门，并坚持闭门不出。很难再也不去感受阳光的照射、风的吹拂，不去领略四季来临时变幻的气味。没有人能够做得到，他对自己说。他还没能完全成为自己所创造的环境的产物，还没完全脱离母星的生理特征。他需要阳光、土壤和风，来维持他作为人的存在。

他应该经常这样出来坐坐，伊诺克心想。什么也不做，就只是看，看着树林和西边的河，看着密西西比河对岸蓝色的艾奥瓦群山，看着乌鸦在空中盘旋，鸽子在谷仓的房梁上昂首阔步。

每天这样做都是值得的，再老一个小时又算得了什么？他不必保持年龄永驻——现在还不必。也许有一天，他会开始嫉妒这些生命。到了那个时候，他会极尽吝啬，将每个小时、每分钟，甚至每一秒都牢牢积攒起来。

他听见一阵奔跑的脚步转过房子最远的角落,那是种跌跌撞撞、累坏了的脚步声,仿佛已经跑了很远的路。

伊诺克跳起身来,大步走到院子里想看看是谁,来者跟跄着奔过来,向他伸出双臂。伊诺克伸出胳膊,等她靠近后抓住了她,让她靠在自己身上而不致跌倒。

"露西!"他喊道,"露西!出什么事了,孩子?"

抚在露西背上的双手传来温暖黏稠的触感,伊诺克撒回手,看到上面沾满了血。她的裙子湿透了,染成一片深色。

伊诺克一把抓住她的双肩,将她推开一点距离,好看清她的脸。她的脸颊上满是泪水,表情惊骇——惊骇中还带着恳求。

露西挣开他的手,转过身去。她抬起手,将裙子从肩上脱下,露出肩和后背。她的肩上有许多长长的伤口,还在往外涌血。

露西重新穿好裙子,转回来面对伊诺克。她做了个恳求的手势,指向身后山脚下通往森林的田野。

那边有动静,有人正穿过森林往这边来,几乎已经到了废弃田地的边缘。

露西一定也看见了,因为她颤抖着紧靠在伊诺克身边,寻求他的庇护。

伊诺克弯腰将她一把抱起,拔腿跑向窝棚。他说出口令,门开了,他进了驿站。大门在他身后滑动,关上了。

进门后,他抱着露西·费舍尔站住脚,心里清楚他犯了大错——在神志清醒时,他绝不会做出这样的举动,如果有时间思考,一定不会。

但他无暇细想,完全是冲动行事。这个姑娘请求得到保护,而这里可以保护她,在这里世上没有什么能伤害她。但她是人类,除了伊诺克自己,不该有第二个人类迈过这里的门槛。

但事已至此,无法改变。一旦进了门,就没办法反悔了。

伊诺克抱着露西穿过房间,将她放到沙发上,后退了一步。露西坐在沙发上抬头看着他,笑容十分轻微,仿佛不确定这个地方是否允许一个人微笑。她抬起一只手,试图擦去脸上的泪水。

她迅速环视整个房间,嘴巴张成了惊叹的圆。

伊诺克蹲下身,拍了拍沙发,伸出手指冲她摇了摇,希望她能明白这意思是让她就坐在这儿,哪儿都别去。他又挥了下胳膊,示意整个驿站,然后尽可能严厉地摇了摇头。

露西出神地看着他,然后微笑点头,仿佛明白了。

伊诺克伸出双手,握住她的一只手,极尽温柔地轻拍,想让她安心,让她明白,只要她老实坐在沙发上别动,一切都会没事的。

露西对他微笑着,显然已不再担心是否有什么原因不该笑。

她伸出伊诺克没握着的那只手,冲咖啡桌和上面琳琅满目的外星制品挥了挥。

伊诺克点了点头,露西拿起其中一件物品,充满惊奇地在手中摆弄。

伊诺克站起身,走到墙边,取下挂在上面的步枪。

然后他走到门外,去面对追逐露西的人。

17

两个男人穿过田地,向房子走来。伊诺克看到,其中一个是汉克·费舍尔,露西的父亲。几年前,伊诺克曾在日常散步时与他短暂地见过一面。当时汉克表现得相当窘迫,不打自招地解释说,他在追捕一头走丢的牛。看他鬼鬼祟祟的样子,伊诺克心知他恐怕不是在找牛,而是干些什么见不得人的事,但他想象不出具体是什么。

另一个男人年纪较轻,可能只有十六七岁。伊诺克心想,他应该是露西的兄弟。

他站在门廊上等待着。

汉克手里绕着一根鞭子,伊诺克望着它,明白了露西肩上的伤从何而来。他感到愤怒在心里一闪而过,但竭力克制。保持冷静才能更好地对付汉克·费舍尔。

两个男人在离他三步开外的地方站住了。

"下午好。"伊诺克说。

"见着我闺女了吗?"汉克问。

"见到又怎么样?"伊诺克问他。

"看我不抽掉她的皮!"汉克挥着鞭子喊道。

"既然如此,"伊诺克说,"我什么也不会告诉你。"

"你把她藏起来了。"汉克指责道。

"你可以随便找。"伊诺克说。

汉克迅速向前迈了一步,随即又改了主意。

"这是她应得的,"他叫道,"这事没完。没人能给我下咒,就算是我的亲骨肉也不行!"

伊诺克什么也没说。汉克站在原地,拿不定主意。

"她多管闲事,"他说,"她不该插手的。根本不关她事。"

年轻人说:"我只是想训练'屠夫'。'屠夫',"他对伊诺克解释,"是只猎熊犬幼仔。"

"没错。"汉克说,"他没做错什么。前几天,男孩们抓了只小浣熊。费了好大力气。这是罗伊,他把浣熊绑在树上当靶子。用绳拴着'屠夫',让'屠夫'跟浣熊斗。没伤害谁。不等真打起来,他就会把'屠夫'拉回来,让它们都休息一会儿。然后再放'屠夫'去斗浣熊。"

"要训练猎熊犬,"罗伊说,"这是天底下最好的办法。"

"没错。"汉克说,"所以他们才去抓浣熊。"

"我们需要浣熊,"罗伊说,"为了训练'屠夫'。"

"这都没什么问题,"伊诺克说,"很高兴听到这些。但这跟露西有什么关系?"

"她多管闲事。"汉克说,"她想阻止我们驯狗。她试图把'屠夫'从罗伊手里抢走。"

"对一个哑巴来说,"罗伊说,"她有点太自以为是了。"

"你给我把嘴闭上!"他父亲转身对着他,训斥道。

罗伊喃喃自语,向后退了一步。

汉克转回头对着伊诺克。

"罗伊把她推倒了。"他说,"他不该这么做的。他应该更小心一些。"

"我不是故意的,"罗伊说,"我只是挥了下胳膊,让她离'屠夫'远一点。"

"没错。"汉克说,"只是挥得猛了一点。她也不至于反应那么大啊。她把'屠夫'给绑了起来,叫它没法跟浣熊斗。要知道,她可是连'屠夫'一根毛都没碰,就把它给束缚住了。一动都不能动。罗伊气坏了。"

他恳切地问伊诺克,"你碰到这事,难道不生气吗?"

"恐怕不会。"伊诺克说,"但我也不养猎熊犬。"

汉克不敢相信他居然不理解。

但他接着讲了下去。"罗伊是真动了火。是他一手把'屠夫'养大的，很看重它。谁都不能动那条狗，就算是他亲妹妹也不行。所以他去找露西，露西就把他也束缚住了，像她对'屠夫'所做的那样。我这辈子还没见过这种场面。罗伊全身僵直，倒在地上，腿蜷起来靠近肚子，两条胳膊抱住自己，就那么躺在地上蜷成一个球。他和'屠夫'都是这样。但露西根本没碰到那只狗。也根本没拿什么绳子捆他。她只接触家人。"

"一点不疼，"罗伊说，"根本一点也不疼。"

"我就坐在旁边，"汉克说，"编这条牛皮鞭。鞭头磨坏了，我正往上安新的。这都是我亲眼看见的，但我什么都没做，直到罗伊躺在地上，被绑了个结实。那时候我想，这有点过分了。我是个宽宏大量的人，不介意用一点巫术去痦子之类的小把戏。会那种东西的人多了，没什么丢脸的。可是把狗和人打成结……"

"所以你就拿鞭子抽她。"伊诺克说。

"这是我的职责。"汉克郑重地说，"我们家可不能出什么女巫。我抽了她两下，她就给我来那种愚蠢的表演，想让我停下。但我有职责在身，所以就接着抽她。我想啊，如果次数抽得够多，就能把她那歪门邪道的玩意儿给抽干净。然后她就给我也下了咒。就像对罗伊和'屠夫'那样，只不过手法不同。她把我弄瞎了——把自己的父亲弄瞎了！我什么也看不见。我在院子里跌跌撞撞，挠着眼睛大喊大叫。然后眼睛没事了，但露西不见了。我瞧见她穿过树林跑上山，就和罗伊来追她。"

"你觉得是我把她藏起来了？"

"我知道是你藏的。"汉克说。

"行。"伊诺克说，"你找吧。"

"我当然要找。"汉克阴沉地告诉他，"罗伊，你去检查谷仓。她可能藏在那里面。"

罗伊走向谷仓。汉克走进窝棚，几乎马上就退了出来，大步走到摇摇欲坠的鸡舍前。

伊诺克站在原地等着，步枪端在胳膊上。

他很清楚，自己有大麻烦了——从来没有过的大麻烦。对于汉克·费舍尔这种人，讲理是行不通的。没有任何办法能得到他的理解。伊诺克清楚，他唯一能做的就是静待汉克的怒火平息下来。到那时候，说不定还有那么一丝说服他的可能。

两个男人回来了。

"她不在周围，"汉克说，"肯定在房子里。"

伊诺克摇摇头，"没人能进得去这座房子。"

"罗伊，"汉克说，"从台阶爬上去，把那扇门打开。"

罗伊害怕地看着伊诺克。

"请便。"伊诺克说。

罗伊慢步前行，上了台阶。他穿过门廊，伸手握住前门的门把手，转动手腕。然后又试了一次。他转回身。

"爸,"他说,"转不动。我打不开。"

"该死,"汉克厌恶地说,"你真是什么都干不来。"

汉克两步跨上台阶,气势汹汹地越过门廊。他伸出手抓住门把手,猛力一扭。他试了第二次,然后又试了一次。他愤怒地转身对着伊诺克。

"这怎么回事?"他喊道。

"我说过了,"伊诺克说,"你进不去。"

"我他妈进不去才怪!"汉克咆哮。

他把鞭子扔给罗伊,走下门廊,大步走到窝棚旁的柴堆边,将沉重的双刃斧从砧板上猛拽下来。

"用那把斧头的时候小心点。"伊诺克警告道,"它陪伴我多年,是我的宝贝。"

汉克没有回答。他回到门廊上,在房门前摆好姿势。

"你起开点,"他对罗伊说,"给我的胳膊肘留点地方。"

罗伊退开了。

"等一下,"伊诺克说,"你想把门劈开?"

"你他妈说对了。"

伊诺克严肃地点点头。

"怎么的?"汉克说。

"既然你想试试看,我没意见。"

汉克摆好架势,握紧斧柄。钢刃闪过一道寒光,他把斧子高高举过头顶,随即带着巨大的能量向下砍去。

斧刃的边缘砍中了房门的表面,受到表面阻挡改变了方向,反弹回来。斧刃向后下劈,将将擦过汉克叉开站立的腿,距离不到三厘米,斧头下劈的势头带得他整个人都向后转了半圈。

汉克傻傻地站在原地,胳膊前伸,双手仍紧抓斧柄不放。他怒瞪着伊诺克。

"你再试试。"伊诺克鼓励道。

汉克怒发冲天。他的脸因狂怒而涨得通红。

"天杀的,我这就试!"他吼道。

他再次摆开架势。他这次抡斧砍向的不是门,而是门边的窗户。

斧刃砍中了窗户,阳光下,锃亮的金属碎片在空中飞散,发出尖厉的嗡鸣声。

汉克俯身躲避,扔掉了斧头。斧头落在门廊的地板上,又反弹起来。双刃的其中一刃已经碎裂,边缘裂成了坑坑洼洼的豁口。窗户则完好无缺,一丝划痕都没有。

汉克在原地站了一会儿,死盯着断裂的斧头,似乎还是不敢相信。

他慢慢伸出手,罗伊把牛皮鞭递了过去。

两人走下台阶。他们在台阶底部站定,望着伊诺克。汉克拿鞭子的手抽动了一下。

"如果我是你，"伊诺克说，"我是不会动手的，汉克。我动作可快了。"

他拍了拍枪托，"不等你抽鞭，我就能把你的那只手打下来。"

汉克喘着粗气。"你被恶魔附身了，华莱士。"他说，"露西也被恶魔附身了。你们两个是一伙的。在树林里偷偷摸摸地私会。"

伊诺克看着他们两人，等待着。

"上帝啊，"汉克喊道，"我的亲生女儿是个魔女！"

"我认为，"伊诺克说，"你们该回家了。如果我见到露西，我会送她回去。"

两人谁都没动。

"别以为事情就这么完了，"汉克嚷道，"你把我女儿藏起来了，我一定会让你付出代价。"

"我随时奉陪。"伊诺克说，"但不是现在。"

他用步枪做了个命令的动作。

"快走吧。"他说，"别再来了。你们两人都是。"

父子二人犹豫了一会儿，看着伊诺克，试图掂量他的斤两，猜测他的下一步行动。

他们缓缓转身，并肩向山下走去了。

18

伊诺克心想,他应该杀了那两个人。他们根本不配活着。

他低头瞥向步枪,发现双手死死攥在枪上,手指在褐色木头的衬托下显得苍白僵硬。

他微微喘气,尽力抑制体内沸腾着想要爆炸的狂怒。如果那两个人再多待一会儿,如果他没把他们赶走,他就会屈从于这股熊熊燃烧的怒火。

现在这样要好得多。伊诺克有些麻木地想着,不知道自己到底是怎么忍耐下来的。

他很庆幸自己忍住了。就算是现在这种情况,也已经够糟的了。

他们会说伊诺克是个拿枪赶人的疯子。他们甚至可能会说,是伊诺克绑架了露西，违背她的意愿，将她扣留在此。他们会不惜一切代价，给他制造麻烦。

对于他们可能会做什么，伊诺克不抱幻想。他深知那种人的品性，卑劣渺小、睚眦必报——人类中好斗的害虫。

他站在门廊边看着两人下山，不明白这样腐朽不堪的家庭是怎么养出了露西这么优秀的姑娘。也许她的残障成了抵御家人影响的壁垒，保护她不至于成为其中一员。也许，如果露西能够与他们交谈，或者听得见他们说话，她也会逐渐变得同样得过且过、凶神恶煞。

卷入这场纷争实在是大错特错。像他这种处境的人根本不该蹚这样的浑水。他有太多东西不能失去了，他本该袖手旁观。

可他又能怎么办呢？对着肩上鞭伤血流不止渗透裙子的露西，他难道能拒绝出手相助？对着她脸上惊慌无助的恳切表情，他难道能坐视不管？

也许有别的办法，伊诺克心想。也许有其他更巧妙的处理方式。但他没时间思考更巧妙的方式。时间只够他将露西抱到安全的地方，再出门迎客。

现在回想起来，也许最好的选择就是根本不出门。如果他一直躲在驿站里，什么都不会发生。

出门面对父子二人是冲动之举。这选择也许有人情味，却并不明智。但事已至此，他已经这么做了，就无法回头。如果再来一次，他会做出不同的选择,但不存在第二次机会。

他步伐沉重地转过身,走回驿站。

露西仍然坐在沙发上,手里拿着一个闪闪发光的东西。她全神贯注地盯着它,表情生动而鲜活,和之前那天早上看到她捧着蝴蝶的时候一样。

伊诺克把步枪放到桌上,静静地站着,但露西一定还是瞥见了他的动作,她迅速抬起头来。然后她的目光再次转回到手中发光的物品上。

伊诺克看到,她手里是那个由球体组成的金字塔。所有球体都在缓慢旋转,一会儿顺时针,一会儿逆时针,边转边闪闪发光。每个球都闪烁着不同的颜色,仿佛有柔和、温暖的光源存在于球体内部。

它的美丽和神奇让伊诺克屏住了呼吸——那是种熟悉的不可思议感,好奇这东西到底是什么,它存在的目的又是什么。他曾上百次地观察它,研究它,却得不出什么有价值的结论。在他看来,这东西只有观赏价值,但他一直无法释怀,总觉得它还有其他用途,说不定可以运行起来。

而现在,它正在运行。伊诺克尝试过几百次却徒劳无功,而露西只拿起它一次,就解开了其中奥妙。

伊诺克注意到她的神色是多么欣喜。他不禁心想,也许露西明白它的用途?

伊诺克穿过房间,碰了下她的胳膊。露西仰起脸,眼中闪烁着快乐与兴奋的光芒。

伊诺克向金字塔做了个询问的手势,想问露西知不知道它到底是什么。但露西没能明白他的意思。又或者她明白了,但同时也很清楚,根本不可能把它的用途解释明白。她又快乐地摆起手,示意摆满各种小玩意儿的桌子,看起来仿佛想要哈哈大笑——至少,她的脸庞上洋溢着笑意。

就像小孩得到了满满一箱新奇玩具,伊诺克这么告诉自己。但仅此而已吗?她如此快乐、兴奋,就单单只是因为意识到了桌子上堆放的东西有多么美妙、多么新奇吗?

伊诺克疲惫地转过身,走回书桌边。他拿起步枪,挂回木钉上。

露西不该待在驿站里。除了他自己,不该有任何人类进入驿站。把露西带到这里,相当于违背了共识,与那些任命他为驿站管理员的外星人之间的无言共识。不过,如果有谁能不受那些不成文规定的限制,恐怕也只有露西了。因为无论她看见了什么,她都没办法告诉别人。

伊诺克知道,她不该留在这里。必须送她回家。否则,将会有一场大规模的搜寻,女孩失踪了—— 一个漂亮的聋哑姑娘。

要不了两天,就会有记者前来报道聋哑姑娘失踪的新闻。这件事会登上所有报纸,出现在电视和广播里,上百名搜寻人员会进入山林。

汉克·费舍尔会讲起他是怎么试着破门而入却进不去,要是有其他人想办法闯入这座房子，那麻烦可就大了。

光是想到这一切，伊诺克就冷汗涔涔。

这么多年低调行事，小心翼翼不引起注意，这些心血都将化作一场泡影。这座位于孤独山脊上的怪房子将成为世界的一个谜，成为所有狂热分子的目标，引来他们的挑战。

伊诺克走到药柜前，去拿银河系中央局提供的药包里的治疗软膏。

他找到并打开了软膏的小盒子。里面的药膏还剩下一大半。这些年他一直在用，但每次都用得很少。事实上，他还没遇到过需要大量使用药膏的情况。

伊诺克走回露西所坐的地方，在沙发背后站定。他给露西看了看手里的药膏，做手势给她解释用途。露西脱下袖子，伊诺克弯腰查看她的鞭伤。

伤口已经不流血了，但还露着鲜红的肉。

伊诺克动作轻柔地把药膏涂在鞭子留下的道道裂口上。

他心想，露西能治好蝴蝶，却无法治疗自己。

在她面前，金字塔的球体仍然在桌上闪烁，在房间里投射出五颜六色的光影。

它在运行，但这是在做什么呢？

它终于开始运行了，但却没有任何事因此发生。

19

尤利西斯在暮色渐深时到来。

听到他的脚步声时，伊诺克和露西刚吃过晚餐，还坐在桌边。

外星人站在阴影里，样子在伊诺克看来比以往更像个残忍的小丑。他的身体曲线柔软平滑，仿佛烟熏过的晒黑的鹿皮。他的皮肤由许多不同颜色组成，表面隐隐发光，脸部线条尖锐硬朗，头顶平滑光秃，又扁又尖的耳朵紧紧贴在头皮上，整个模样凶神恶煞，令人胆寒。

伊诺克心想，如果不知道他的性格多么温和，这副样子足以吓得人折寿七年。

"我们在等你。"伊诺克说，"咖啡正好烧开。"

尤利西斯向前缓慢迈了一步，随即停住了。

"还有别人在。我看是个人类。"

"不要紧的。"伊诺克告诉他。

"是一位异性。女性人类,对吗? 你找了一位伴侣?"

"没有。"伊诺克说,"她不是我的伴侣。"

"你这些年一直明智行事。"尤利西斯对他说,"在你所处的境地里,拥有伴侣并不是最佳选择。"

"不必担心。她身上有病,无法和人沟通。她既聋又哑。"

"有病?"

"对,从出生的那一刻起。她从来没听见过声音,也没说过话。她不会把这里的事告诉任何人。"

"手语呢?"

"她不会手语。她不肯学。"

"她是你的朋友。"

"多年的朋友了。"伊诺克说,"她来寻求我的保护。她父亲拿鞭子抽她。"

"这位父亲知道她在这里?"

"他是这么认为的,但他无法确定。"

尤利西斯缓步走出阴影,站到灯光下。

露西望着他,脸上毫无惊恐之色。她的目光平稳冷静,也没有畏缩的表现。

"她对我的反应不错,"尤利西斯说,"既没逃跑,也没尖叫。"

"就算她想尖叫,"伊诺克说,"她也叫不出声。"

"人类第一眼看到我,"尤利西斯说,"都会感到最强烈的厌恶。"

"她看的不只是外表,还有你的内心。"

"如果我像人类那样鞠躬,她会害怕吗?"

"我想,"伊诺克说,"她应该会很高兴。"

尤利西斯鞠了个躬,动作夸张而正式,一只手搭在鹿皮质感的肚子上,整个人从腰部开始,向前深深地弯下去。

露西微笑着拍了拍手。

"你看,"尤利西斯欣喜地叫道,"她好像很喜欢我。"

"那你不如先坐下来吧。"伊诺克提议,"一起喝杯咖啡。"

"我都忘了有咖啡喝了。看到另一个人类,我就把咖啡忘了个干净。"

他在摆好第三只杯子的位子上坐了下来。伊诺克起身要拿咖啡,露西抢先站起来去了。

"她能听懂?"尤利西斯问。

伊诺克摇摇头,"你在杯子前坐了下来,杯子是空的。"

露西倒好咖啡,回到沙发边。

"她不愿意和我们坐在一起?"尤利西斯问。

"她对那一桌子的小玩意儿很感兴趣。她还让其中一个启动了。"

"你打算把她留在这里?"

"不能留。"伊诺克说，"会有人来找她。我必须把她送回家。"

"我不喜欢这样。"尤利西斯说。

"我也不喜欢。我承认，我不该把她带到这儿来。但事发突然，这似乎是唯一的办法。我来不及好好考虑。"

"你没做错。"尤利西斯温和地说。

"她造成不了什么伤害。"伊诺克说，"她没法跟人沟通……"

"不是这个问题。"尤利西斯对他说，"她只是让情况变得更复杂了，我不喜欢事情变得更复杂。今晚我来是想告诉你，伊诺克，我们有麻烦了。"

"麻烦？没出现什么麻烦啊。"

尤利西斯举起咖啡杯，喝了一大口。

"很好喝。"他说，"我把咖啡豆带回家煮了，但味道还是不一样。"

"你说的麻烦到底是？"

"你还记得地球时间的几年前，死在这里的织女星来客吗？"

伊诺克点点头，"迷雾族。"

"他们有正经名称……"

伊诺克笑了起来，"你不喜欢我们这儿的昵称。"

"我们不会这样做。"尤利西斯说。

"我给他们起名字，"伊诺克说，"代表了我对他们的喜爱。"

"你埋葬了这位织女星旅客。"

"在我的家族墓园里。"伊诺克说,"就像是我的家里人。我站在墓边,给他读了一段《圣经》。"

"那很好,没问题。"尤利西斯说,"就该如此。你做得很好。但遗体不见了。"

"不见了! 不可能!"伊诺克喊道。

"有人把遗体从墓穴里带走了。"

"你不可能知道啊,"伊诺克抗议道,"你怎么可能会知道呢?"

"不是我。是织女星人。他们知道。"

"但他们隔着好多光年……"

但他说完也不那么肯定了。那天晚上,睿智的老人猝死后,他给银河系中央局发了信息,得到的回复是织女星人在老人死的那一刻就已经知道了。也没有必要开具死亡证明,因为他们很清楚他的死因。

当然,这听起来仿佛天方夜谭,但银河系里有太多的天方夜谭,像他这样从来没有离开过地球土壤的人永远不可能一一知晓。

伊诺克心想,也许所有织女星人之间都有某种心灵感应? 或者是某种中央普查局(他给所有难以理解的事物指定了一个人类名称)与每个活着的织女星人都有官方链接,能随时知晓他们在哪里、情况如何、在做什么。

他承认,这种可能性确实存在。银河系各种族拥有许多令人震惊的能力,能做到这种事不足为奇。但是,与已经死去的织女星人保持类似的联系又是另外一个级别的事了。

"遗体不见了。"尤利西斯说,"我可以告诉你这一点,并确认这是事实。你要为此负责。"

"织女星人是这么想的?"

"织女星人是这么想的,没错。还有整个银河系。"

"我能做的都做了。"伊诺克激动地说,"所有该做的事,我也都做了。我只字不差地遵守了织女星法律。我向死者表达了敬意,举行了我们星球的仪式。我的责任总不能没完没了地持续下去吧。我也不相信遗体真的不见了。没有人能带走它。根本没人知道它的存在。"

"以人类的逻辑来看,"尤利西斯告诉他,"你当然是对的。但以织女星的逻辑就不一样了。在这种情况下,银河系中央局会更支持织女星人。"

"正巧,"伊诺克试探地说,"织女星人和我是朋友。从来没有哪个织女星人是我不喜欢,或无法相处的。我可以和他们谈谈,一起解决这个问题。"

"如果这单纯只是织女星的事,"尤利西斯说,"我很确定你可以。那我就不会担心了。随着时间推移,事态变得越来越复杂。表面上,这件事很简单,但涉及很多因素。比如说,织女星人知道遗体不见这件事已经有一段时间了,他们当然也很不安。出于某些考虑,他们一直保持沉默。"

"他们没必要保持沉默。他们应该直接来找我。我不知道还能做什么……"

"他们的沉默不是因为你。是因为其他理由。"

尤利西斯喝完咖啡,又给自己倒了一杯。然后又倒满伊诺克半空的杯子,放下咖啡壶。

伊诺克等待着。

"你可能不知道,"尤利西斯说,"在本驿站建立之初,银河系中有不少种族曾强烈反对。他们列举了许多种理由,就像此类情况一样,但从实质上说,最根本的原因在于对种族优势或地区优势的持续争夺。我想,这情况可以类比为地球上不同群体或国家为取得经济优势而持续引发的纷争和动乱。当然了,银河系中很少考虑经济方面的潜在原因,除了经济还有许多其他因素。"

伊诺克点点头,"我确实有所耳闻。最近这段时间倒没有。但我一直没太在意。"

"这主要是一个路线问题。"尤利西斯说,"如果银河系中央局向这个旋臂扩张,这将意味着他们没有时间、精力再向其他方向扩张。有一大批种族梦想着我们能向附近的球状星团扩张,已经梦想了好几个世纪。当然,这梦想确实具有一定的意义。以我们现有的技术,完全可以越过较远的空间,跳跃至附近的球状星团。还有一点:星团几乎不含尘埃和气体。所以抵达那里之后,我们在星团内部扩张的速度要超过银河系许多地方。但这充其量不过是一些假想,我们并不清楚那里的实际情况。我们也许会投入大量精力,花费大量时间,最后除了一些地皮,什么也没有找到。银河系里可不缺地皮。但对于某些类型的智慧体,那些星团有种巨大的吸引力。"

伊诺克点点头,"我能理解。那将是走出银河系的首次冒险。这也许是开启迈向其他星系的旅途的一小步。"

尤利西斯端详着他。"你也是啊,"他说,"我应该猜到的。"

伊诺克得意地说:"我的头脑就属于那一类。"

"好吧,总之,有一个球状星团派的种族——应该可以这么称呼吧——他们激烈地争辩说我们应该往这一路线行动。你要明白,你应该明白,我们刚刚开始往你们这片区域扩张。现有的驿站不到十几个,我们需要上百个。完成通行网络需要好几个世纪。"

"所以这个派别还在争辩,"伊诺克说,"在这个旋臂的项目现在叫停还来得及。"

"没错。这正是让我担心的地方。这个派别一定会利用遗体失踪的事件,将它当作煽动情绪的论据,争辩不应继续扩张这里的通行网络。其他有特殊利益关系的群体也加入了他们的抗议。这些特殊利益群体认为,如果能破坏这边的项目,他们就更有可能得到自己想要的东西。"

"破坏?"

"对,破坏。一旦遗体事件公开,他们就会开始尖叫,声称像地球这样野蛮的星球不适合建驿站。他们会坚决要求废弃这个驿站。"

"他们不能这么做!"

"他们能。"尤利西斯说,"他们会说,在这样一个连坟墓都会被掘开,尊贵的死者无法安息的野蛮星球上建立驿站有失尊严,也不安全。这是一种高度情绪化的论点,在银河系的某些部分会获得广泛的认可和支持。织女星居民已经尽力了。为了项目着想,他们努力掩盖此事。他们以前从来没这样做过。他们是骄傲的种族,有很强的荣誉感——也许比许多种族都更强烈,然而,为了更大的福祉,他们愿意忍耐羞辱。如果此事真能瞒过去,他们会这样做的。但这件事还是漏出去了——毫无疑问,有优秀的间谍在活动。他们无法忍受在众所周知的羞辱中丢脸。今晚要来的是织女星的官方发言人,任务是发表正式抗议。"

"对我的抗议?"

"对你的,并通过你对地球抗议。"

"可地球并不在乎。地球根本不知情。"

"当然不知情。在银河系中央局眼里,你就是地球。你代表地球。"

伊诺克摇摇头。这种思考方式太疯狂了。但是,他对自己说,这没什么可吃惊的。他早该预想到他们会有这种思考方式。他还是太墨守成规,眼界太狭窄了。他接受的是人类思考模式的训练,即便过了这么多年,思维方式也没有改变,甚至顽固到会自动将与之相悖的想法视为错误。

他们讨论废弃地球驿站也是个错误。这根本不合道理。废弃驿站并不会对项目造成破坏。不过，这很有可能会破坏他对人类种族所怀的希望。

"但就算要放弃地球，"他说，"你们也可以去火星啊。可以在火星上建驿站。如果太阳系有必要建站，还有其他星球可选。"

"你不明白。"尤利西斯告诉他，"这个驿站只是他们攻击的对象之一。它只不过是个立足点，连第一炮都算不上。他们的目的是破坏整个项目，腾出花费在这里的时间和精力用于其他项目。如果他们能迫使我们舍弃一个驿站，那我们会就此失去信誉。我们所有的动机和决断都会受到审查。"

"但即便项目真的被他们破坏了，"伊诺克指出，"也无法确保有哪个团体能获得好处。这只会抛出新的问题，展开就时间精力应该投在哪里的公开辩论。你说有许多特殊利益派别联合起来反对我们。假设他们赢了。之后他们只能转回头和自己人内斗。"

"当然是这样。"尤利西斯承认，"但其中每个种族都将有机会得偿所愿，或者说，他们认为有这样的机会。而现在的情况是，他们根本没有机会。只有等这个项目付诸东流，他们才有可能争取机会。在银河系较远的那一侧，有个群体想搬到外环一处人烟稀少的地区。他们仍然相信一个古老的传奇，说他们的祖先是来自另一个星系的移民，最开始抵达的地方是外环，在漫长的银河系岁月中逐渐向内迁徙。他们认为，只要到了外环，他们就能将这个传说变为历史,为种族光宗耀祖。另一个团体则想入驻一条小型旋臂,因为根据模糊的历史记录,数千万年以前,他们的祖先收到了一些根本无法破解的信息,并认为信息来自那个方向。随着时间推移,这个故事也不断进化,如今他们相信,那条旋臂上住着智慧的巨人族。此外,深入银河系核心的压力当然也一直存在。你要知道,我们才刚刚开始,银河系大部分地区仍然未经探索,组成银河系中央局的几千个种族不过是先驱者罢了。所以,银河系中央局至今仍承受着多种多样的压力。"

"听起来,"伊诺克说,"你似乎对保留地球这个驿站并不抱什么希望。"

"几乎毫无希望。"尤利西斯告诉他,"但你的去留还有机会选择。你可以留在这里,在地球上度过普通的人生,也可以被派往另一个驿站。银河系中央局希望你能继续与我们共事。"

"听起来已经没有商量的余地了。"

"很遗憾,"尤利西斯说,"确实没有。很抱歉,伊诺克,我也不想给你带来这些坏消息。"

伊诺克麻木而震惊地坐着。坏消息!这可不是坏消息所能形容的。这是一切的终结。

他感觉到的不仅是个人世界的坍塌,还有地球所有希望的土崩瓦解。驿站没了,地球会再一次被丢在银河系的死水里,没有得救的希望,没有得到承认的机会,对于银河系中存在的一切茫然无

知。人类种族将赤裸独行,在老路上继续走下去,摸索着走向盲目
而疯狂的未来。

20

　　迷雾族来客已经上了年纪。他周身围绕的金色雾气不复青春的闪耀。现在的雾气是一种柔和的光芒,深沉丰厚——不是年轻人那种光彩夺目的雾气。他举手投足都带着庄重的威严,蓬松的发髻是白色的,一种圣洁的白色,既不是头发,也不是羽毛。他的脸庞松弛而温柔,如果是人类,这种松弛和温柔应该会显现在充满善意的皱纹上。

　　"很抱歉,"他对伊诺克说,"我们不得不在这种情况下相见。但不论如何,我很高兴能见到你。我听说过你的事。很少有外部星球的生物担任驿站管理员。所以啊,年轻的生命,我一直对你很感兴趣。我很好奇,你究竟是种怎样的存在。"

　　"他的事你不必多虑。"尤利西斯说,语气略带尖锐,"我可以为他担保。我们是多年的朋友。"

"是啊,我忘了。"迷雾族来客说,"是你发现了他。"

他环顾房间。"还有一位啊。"他说,"我没听说有两个人。我只知道一个。"

"那是伊诺克的朋友。"尤利西斯说。

"这么说没有接触过了。和星球的接触。"

"是,没有接触过。"

"也许是轻率之举。"

"也许,"尤利西斯说,"但事出有因,伊诺克和他的朋友遭到了挑衅,我怀疑就连你我也无法忍耐那种挑衅。"

露西之前已经站了起来。此时她穿过房间,动作安静而缓慢,仿佛是在飘浮。

迷雾族来客用共通语对她说:"很高兴见到你。非常高兴。"

"她说不了话。"尤利西斯说,"也听不到声音。她无法与人交流。"

"代偿。"迷雾族来客说。

"你这么觉得?"尤利西斯问道。

"我很肯定。"

他缓步向前,露西在原地等待着。

"它——她,你之前这么称呼来着——她一点都不怕。"

尤利西斯嗦嗦笑了。"她连我都不怕。"他说。

迷雾族来客向露西伸出手,露西无言地站了片刻,抬起一只手握住了迷雾族的手,后者握起来的样子与其说是手指,不如说是触须。

一瞬间,伊诺克仿佛看到金雾组成的斗篷向前展开,将地球女孩也包裹在光芒中。他眨了眨眼,幻影消失了——如果那真的是幻影的话。金色斗篷所包裹的只有迷雾族来客一人。

伊诺克不禁好奇,露西怎么会如此毫无畏惧,不管是对尤利西斯还是对迷雾族? 难道真像他之前说的那样,她确实能透过表象,以某种方式感知到这些生物内里的基本人性(老天在上,即便到了现在,我还是只能以人类的方式思考!)? 若真如此,是因为她并不完全是人类吗? 当然,她的存在形式和血缘都属于人类,但她并没有被人类文化塑造定型——如果一个人没有被经过多年固化成法律、被视作人类共有态度的关于行为和观念的规则紧紧束缚,也许就会长成她这样。

露西放下迷雾族来客的手,回到沙发上坐下。

迷雾族人说:"伊诺克·华莱士。"

"我在。"

"她和你是一个种族?"

"嗯,当然。"

"她和你截然不同。几乎像是两个种族。"

"没有两个种族。只有一个。"

"还有很多像她这样的人吗?"

"我不知道。"伊诺克说。

"咖啡。"尤利西斯对迷雾族人说,"想喝咖啡吗?"

"咖啡?"

"一种非常好喝的饮品。地球的伟大成就。"

"我没有喝过,"迷雾族人说,"还是不用了。"

他动作缓慢地转向伊诺克。

"你知道我来的目的吗?"他问道。

"应该知道。"

"我对此事深表遗憾,"迷雾族人说,"但我必须……"

"如果可以的话,"伊诺克说,"就让我们当作抗议已经提出完毕吧。这是我的提议。"

"有何不可?"尤利西斯说,"在我看来,我们三人没必要非得走让人难受的流程。"

迷雾族来客犹豫片刻。

"除非你觉得非走不可。"伊诺克说。

"不必。"迷雾族来客说,"如果你能慷慨接受没有实际说出的抗议,我就满意了。"

"我接受,"伊诺克说,"但有一个条件。我必须确信这项指控并非毫无根据。我必须亲眼看看。"

"你不相信我?"

"不是相不相信的问题。事实必须经过验证。如果不这么做，我不能接受抗议，不管是为我自己，还是为我的星球。"

"伊诺克，"尤利西斯说，"织女星人已经非常仁慈了。不仅是现在，在这件事发生之前也是如此。他们种族提出指控时是非常不情愿的。为了保护地球、保护你，他们忍受了许多。"

"也就是说，有了织女星发表的声明，还不接受他们的抗议和指控，我就太不厚道了。"

"很抱歉，伊诺克。"尤利西斯说，"我确实是这个意思。"

伊诺克摇摇头，"多年来，我一直努力理解并遵循来到驿站的不同种族的道德准则和观点，将我作为人类的本能和教诲推到一边。我努力理解其他视角，评估其他思考模式，其中许多对我自己的思考造成了影响。我为这一切感到快乐，因为这让我有机会拓展地球的狭隘眼界。我想我也从这些经历中得到了许多。但其中没有一星半点影响到地球，受影响的只有我。这件事会影响地球，我必须从地球的视角来考虑。在这件事上，我并不只是银河系的驿站管理员那么简单。"

谁也没说话。伊诺克站在原地等了一会儿，仍然没人开口。

最后他转过身，走向门口。

"我很快就回来。"他对其他人说。

他念出口令，房门开始滑动。

"如果你愿意，"迷雾族来客轻声说，"我想陪你一起去。"

"可以。"伊诺克说,"走吧。"

门外一片漆黑,伊诺克点燃了提灯。迷雾族来客认真观察着他的动作。

"化石燃料。"伊诺克告诉他,"沾满燃料的灯芯从顶端开始燃烧。"

迷雾族来客惊恐地说:"你们一定有更好的选择吧。"

"好太多了,"伊诺克说,"只是我很守旧。"

他带头走出门,提灯投下一小片光亮。迷雾族人紧随其后。

"真是个狂野的星球。"迷雾族人说。

"这里是很狂野,但也有不少已经驯化的地方。"

"我们的星球完全受控。"迷雾族人说,"每一寸都是计划好的。"

"我知道。我和许多织女星居民聊过天。他们对我描述过你们的星球。"

两人走向畜棚。

"你想回屋吗?"伊诺克问道。

"不,"迷雾族人说,"这里让人兴奋。那些是野生植物?"

"我们这里叫树。"伊诺克说。

"风想怎么吹就怎么吹?"

"对。"伊诺克说,"我们还不知道怎么操控天气。"

铁铲就在畜棚门内,伊诺克拿起了它。他走向果园。

"你当然也知道，"迷雾族人说，"遗体不见了。"

"我做好了找不到的准备。"

"那又何必?"迷雾族人问。

"因为我必须亲自确认。你无法理解吧?"

"你在驿站里说，"迷雾族人说，"你努力理解其他种族。也许是时候让别人来努力理解你了，哪怕只有一个。"

伊诺克带头走在通往果园的路上，两人来到了围绕墓园的简陋篱笆前。有些下垂的木门大敞着。伊诺克走进门，迷雾族人跟在后面。

"这就是你埋葬他的地方?"

"这是我的家族墓园。我的父母都葬在这里，我把他和他们埋在了一起。"

他将提灯递给织女星人，拿着铁铲走到坟墓前，将铲子插入泥土。

"能把提灯拿近一些吗?"

迷雾族人靠近了一两步。

伊诺克跪到地上，拨开地面上的落叶。落叶下是最近被人翻过的柔软新土。土壤微微凹陷，凹坑的最底部有个小洞。伊诺克拨开泥土，听见土块掉入小洞，落在某种不是土壤的东西上。

迷雾族人又把提灯拿远了，他看不真切。但他无须再看。他明白，已经不用再挖了。他很清楚底下能挖出什么。他应该一直保持警惕。他不该立起墓碑,吸引不该有的注意——但银河系中央局说,"就像对待你的同类那样"。他确实是那么做的。

伊诺克直起身来,但仍然跪在地上,泥土的潮湿透过布料渗到了腿上。

"没人告诉过我。"迷雾族人轻声说。

"告诉你什么?"

"纪念碑。还有上面写了什么。我不知道你懂得我们的语言。"

"我很久以前学过。因为有些卷轴想读。恐怕写得不太好。"

"有两个词拼错了,"迷雾族人告诉他,"还有一处不太自然。但这都不重要。重要的是,非常重要的是,当你写的时候,你的思考方式仿佛是我们族群的一员。"

伊诺克站起身,伸手接过提灯。

"回去吧。"他语气尖锐地说,甚至有点不耐烦,"我知道是谁干的了。我得去找他。"

21

　　远处的树梢在上升的风中呻吟。前方,纸皮桦巨大的树墩在昏暗的提灯光下显得雪白。伊诺克知道,这截桦树桩长在小悬崖的崖边,悬崖有七八米高。他们需要在这里右拐,绕过树桩,继续往山下走。

　　他微微扭头向后望。露西跟在他身后,离得不远。她露出一个微笑,挥手表示自己没事。伊诺克做了个手势,表示他们必须右转,要她紧紧跟上。不过,他心想,这大概是多此一举,露西恐怕比他还了解这片山坡。

　　他向右转,沿着崎岖的悬崖边缘往前走,来到一处断口,手脚并用,爬到断口下方的山坡上。左侧传来湍急的淙淙水声,是田野下方的泉水沿着岩石沟壑奔涌而下。

山坡更加陡峭了,他沿着较为平缓的路线领着露西爬下陡坡。

真奇怪啊,他心想,即便四周漆黑一片,他仍然能认出一些大自然的特征:弯曲的白橡树以难以置信的角度悬挂在峭壁上;堆积成半球形的乱石堆中长出一小片又高又粗的红橡树,位置刁钻,从没有砍伐工打它们的主意;山坡上有一小块凹进去的平地,变成了长满香蒲的沼泽。

他向距离尚远的山下望去,瞥见一抹透过窗户露出的光亮,于是他冲着它的方向继续往下爬。他又回头望了一眼,露西紧跟在后面。

两人来到一道以木栅栏组成的粗糙篱笆前,爬了过去,地面变得平缓起来。

下方的黑暗里传来狗叫,随后另一只狗也加入了。更多的狗开始吠叫,狗群沿着斜坡向两人奔来。它们脚步匆忙地冲到两人面前,绕过伊诺克和提灯,扑向露西—— 一见到她,这群保安突然摇身一变,成了欢迎的队伍。它们向上站起,一大群狗挤在一起。露西伸手轻拍它们的头。狗群仿佛收到信号,在快乐的嬉闹中迅速跑远,又绕了个圈跑回来。

木栅围栏后不远处是一片菜园,伊诺克打头穿行,小心地走在菜圃之间的小道上。然后他们来到了前院,面前的房子饱经风霜,摇摇欲坠,轮廓隐没在黑暗中,厨房的窗户透出柔和温暖的灯光。

伊诺克穿过院子,敲了敲厨房门。他听见厨房地板上传来一阵脚步声。

门开了，费舍尔妈妈背光站在门口，她是个高大瘦削的女人，身上穿的比起衣服更像麻袋。

她瞪着伊诺克，半是恐惧，半是敌意。然后她看见了伊诺克身后的女孩。

"露西！"她喊道。

露西快步向前，被母亲一把拥在怀里。

伊诺克将提灯放在地上，步枪夹到腋下，跨进了门。

一家人正坐在厨房中央的大圆桌边吃饭。一盏华丽的油灯立在桌子中央。汉克站起身，而他的三个儿子和一位陌生人都坐着没动。

"你把她送回来了。"汉克说。

"我找到她了。"伊诺克说。

"我们出去找她，刚回来。"汉克告诉他，"本来还要再出门呢。"

"你记得今天下午对我说过的话吗？"伊诺克问他。

"我对你说过的话多了去了。"

"你对我说，我被恶魔附身了。你敢再对这姑娘动一次手，我向你保证，你会知道附在我身上的魔鬼有多邪恶。"

"你吓唬不了我！"汉克咆哮道。

但他确实害怕了，无力的脸和紧绷的身体都透着惧意。

"我不是吓唬你。"伊诺克说，"有种你就试试看。"

两个男人面对面对峙片刻,汉克坐下了。

"一起吃点吗?"汉克问道。

伊诺克摇摇头。

他望向陌生人。"你就是那个人参猎人?"他问。

对方点点头。"他们是这么称呼我的。"

"我要和你谈谈。出来。"

克劳德·路易斯站了起来。

"你不是非去不可。"汉克说,"他强迫不了你。他想说什么可以在这儿说。"

"我不介意。"路易斯说,"其实我也想和他谈谈。你是伊诺克·华莱士,对吗?"

"就是他。"汉克说,"五十年前就该老死了。可你瞧他。他被魔鬼附身了。我告诉你,他和魔鬼肯定做了交易。"

"汉克,"路易斯说,"别说了。"

路易斯绕过圆桌,走到门外。

"晚安了。"伊诺克对其他人说。

"华莱士先生,"费舍尔妈妈说,"谢谢你把我姑娘带回来。汉克不会再打她了。我向你保证,我会看着他。"

伊诺克走出去,关上了门。他拿起提灯。路易斯站在院子里。伊诺克走到他面前。

"我们走远点儿吧。"他说。

两人在菜园边停下来，转身面对面。

"你们一直在监视我。"伊诺克说。

路易斯点点头。

"官方给的任务？还是爱管闲事？"

"很遗憾，是官方的任务。我叫克劳德·路易斯。没理由瞒着你——我是中情局的人。"

"我不是叛国者，也不是间谍。"伊诺克说。

"没人觉得你是。我们纯粹只是在监视你。"

"你知道墓地的事？"

路易斯点点头。

"你从坟墓里拿走了东西。"

"是。"路易斯说，"立着奇怪墓碑的那个。"

"去哪儿了？"

"你是说尸体。在华盛顿。"

"你不该带走的。"伊诺克严肃地说，"你惹了大麻烦。你必须把它还回来。越快越好。"

"要花一点时间。"路易斯说，"他们得用飞机送过来。可能要二十四小时。"

"不能再快了？"

"也许可以再快一点。"

"尽你所能吧。你必须把遗体还回来，这非常重要。"

"我会的,华莱士。我之前不知道……"

"还有,路易斯。"

"是。"

"别耍什么滑头。别节外生枝。照我的话去做。我在和你讲道理,因为这是唯一的办法。但如果你要花招……"

他伸出一只手抓住路易斯的衬衫前襟,攥紧布料。

"听明白了吗,路易斯?"

路易斯不为所动。他没有挣扎。

"是,"他说,"我明白。"

"是什么让你那么做的?"

"我有任务。"

"是,有任务。监视我。而不是去盗墓。"

他放开了衬衫。

"告诉我,"路易斯说,"坟墓里的东西。那是什么?"

"不关你的鸟事。"伊诺克愤怒地说,"你该管的只有把遗体还回来。你确定你能做到?不会有什么阻碍?"

路易斯摇摇头,"不会。等我拿到电话,我会马上打电话。告诉他们这是当务之急。"

"至关紧要。"伊诺克说,"把遗体还回来将是你所做过的最重要的事。好好记住,一分钟都别忘了。这会影响到地球上的每一个人。你,我,还有其他所有的人。如果你失败了,你必须得给我一个交代。"

"用那把枪?"

"也许。"伊诺克说,"别胡来。别以为我在杀你之前会犹豫。以目前的情况,要我杀谁都行——无论是谁。"

"华莱士,你就不能告诉我点什么吗?"

"不能。"伊诺克说。他拿起提灯。

"你要回家了?"

伊诺克点点头。

"你似乎并不介意我们监视你。"

"不介意,"伊诺克告诉他,"你们随便监视。但不能干涉。把遗体送回来,想监视就继续监视好了。但别逼我。也别赖着我。把你的手拿远点。什么也别碰。"

"可是看在老天的分上,不可能什么都没发生。你总得告诉我点什么吧。"

伊诺克迟疑片刻。

"让我大概知道,"路易斯说,"这到底是怎么回事。不用讲细节,只……"

"你把遗体送回来,"伊诺克一个字一个字地对他说,"也许还可以再谈。"

"我会送回来的。"路易斯说。

"如果送不回来,"伊诺克说,"你现在跟死人没区别了。"

他转过身,穿过菜园,开始向山上走去。

路易斯在院子里站了很久,看着提灯晃晃悠悠地从他的视野里消失。

22

伊诺克回到驿站时,里面只有尤利西斯一个人。他已经把右枢旅客送到了下一站,并把迷雾族来客送回了织女星。

壶里煮着新鲜的咖啡,尤利西斯四仰八叉地躺在沙发上,什么也没做。

伊诺克挂好步枪,吹熄了提灯。他脱下外套,扔到桌上,然后在与沙发相对的椅子上坐下。

"到了明天这个时候,"他说,"遗体就会回来。"

"我真心希望这能有所弥补。"尤利西斯说,"但我还是持怀疑态度。"

"也许我是多此一举了。"伊诺克苦涩地说。

"这会展现出诚意。"尤利西斯说,"也许能在最后的权衡中起到一定的缓冲作用。"

"迷雾族完全可以告诉我，"伊诺克说，"遗体现在在哪儿。既然他知道遗体不在坟墓里，他一定也知道去哪儿可以找到它。"

"我想他确实知道，"尤利西斯说，"但你要明白，他没法告诉你。他唯一能做的事就是提出抗议。之后如何都是你的事。他不能舍弃尊严，给你提建议该做什么。在明面上，他必须是受害方。"

"有时候，"伊诺克说，"这一切真让人发疯。就算银河系中央局下达了简明指示，也总有意外，总有陷阱张着大嘴等你掉进去。"

"也许有一天，"尤利西斯说，"事情会变得不一样。我展望未来，能想到再过几千年，银河系整体交织为同一个巨大的文明，一片彼此理解的共存区。当然，地区和种族之间的差异仍然存在，也应该存在，但会有一种宽容凌驾于所有差异之上，也许可以称之为手足情谊。"

"你的话听起来几乎像个人类。"伊诺克说，"我们许多思想家都怀有这样的希望。"

"也许吧，"尤利西斯说，"你知道，地球上许多事物似乎都在我身上留下了印记。我在你们星球上待了这么久，不可能什么影响也没有。顺便说一句，你给织女星人留下的印象很好。"

"我没注意到。"伊诺克对他说，"他当然很善良，也很得体，但除此之外，我没看出什么。"

"墓碑上的铭文。那让他十分叹服。"

"我写碑文不是为了让谁叹服。我写下那段话,因为那就是我的感受,也因为我喜欢迷雾族。我只是想努力为他们把这件事做好。"

"要不是银河系各派的压力,"尤利西斯说,"我相信织女星很愿意让这件事一笔勾销,你恐怕难以领会这是多么大的让步。说不定,等到判决下达时,他们会站在我们这一边。"

"你是说,他们也许能救下这个驿站?"

尤利西斯摇了摇头,"恐怕没有人做得到。但如果织女星为我们说话,我们银河系中央局的日子会好过许多。"

咖啡壶发出响声,伊诺克走过去拿。尤利西斯之前推开了咖啡桌上的一些小物件,为两个咖啡杯腾出了空间。伊诺克往杯中倒上咖啡,将壶放到地上。

尤利西斯端起杯子,在手里捧了片刻,又放回桌上。

"我们处境艰难。"他说,"和过去不一样了。这让银河系中央局忧心忡忡。不同种族间争吵不断,讨价还价,推来搡去。"

他望向伊诺克,"你还以为是一派和平呢。"

"不,"伊诺克说,"并非如此。我知道,你们有互相矛盾的观点,也有争执。但我确实以为它们发生在相当高尚的层面上—— 一切都很绅士,彬彬有礼。"

"曾经是这样没错。总有相悖的观点,但那些冲突是出于原则和道德准则,而不是特殊利益。你当然也知道灵魂力——宇宙的灵魂力量。"

伊诺克点点头，"我读过一些文献。我不是很能理解，但我愿意承认它。我知道，有办法可以让人接触到这种力量。"

"法器。"尤利西斯说。

"没错。法器。一种机器。"

"这么称呼也可以吧。"尤利西斯表示同意，"但'机器'这个词有点怪怪的，制造它需要的不仅仅是机械零件。法器只有一个。造出来的只有一个，如果以你们的年份来计算，制造者是个生活在距今一万年前的秘教徒。我也想告诉你它到底是什么，是由什么东西制成的，但恐怕没人知道。曾有人试图复制法器，但都没成功。制造它的秘教徒没留下任何蓝图、结构图、规格信息，连一页笔记都没有。世上没人了解它的任何信息。"

"我想，也没有理由不能再造一个。"伊诺克说，"我是说，没有什么神圣的禁忌。再造一个也不会遭天谴。"

"当然不会。"尤利西斯告诉他，"老实说，我们相当需要再造一个。现在我们根本没有法器。它消失了。"

伊诺克猛然坐了起来。

"消失了？"他问。

"丢了。"尤利西斯说，"失踪了。被人偷了。没人知道是怎么回事。"

"但我没……"

尤利西斯黯然一笑,"你没听说过这件事。我知道。我们不谈这事。我们不敢。不能让大众知道。至少近期内还不行。"

"可你们要怎么保密?"

"这倒不算太难。你知道之前是怎么做的:守护者将法器带到一个又一个星球,举行人数众多的集会,展示法器,让人们通过它取得灵魂力。我们从来没有出场顺序表,守护者只是漫无目的地四处闲逛。在同一个星球上,守护者的两次来访可能会隔上百个地球年。没人会期待下一次来访。他们只知道,迟早有一天会举行集会,总有一天,守护者会带着法器来到自己的星球。"

"这样你们可以隐瞒很多年。"

"没错,"尤利西斯说,"不会有任何问题。"

"领导们当然知道,那些管理层的人。"

尤利西斯摇了摇头,"我们只告诉了少数几个人。可以信任的几个人。银河系中央局当然知道,但我们的口风都很紧。"

"那为什么……"

"为什么要告诉你?我知道我不该告诉你。我也不知道为什么。嗯,也可能知道。你现在感觉如何,我的朋友,为我当这么一个极富同情心的告解神父?"

"你在担心。"伊诺克说,"我从没想到能看见你担心。"

"这感觉很奇怪。"尤利西斯说,"法器已经消失了好几年了。没人知道这件事,除了银河系中央局和——应该怎么称呼呢?——统治集团吧,我想,那些负责管理灵魂接触的秘教徒。然而,尽管没有人知道,银河系还是开始出现耗损的迹象。它在逐渐解体。在未来,它也许会全面崩溃。就好像法器代表着一种力量,它在不知不觉中让银河系的所有种族团结在一起,在不为人知的地方发挥影响。"

"但就算它不见了,它也肯定存在于某地。"伊诺克指出,"它应该仍在发挥影响。它不可能被摧毁。"

"你忘了,"尤利西斯提醒他,"如果没有合适的守护者,没有感应者,它就无法启动。具有力量的并不是机器本身。机器只不过是感应者与灵魂力之间的中介。它是感应者自身存在的延伸。它放大感应者的能力,作为某种链接生效。它让感应者能够履行他们的职能。"

"你觉得,法器的失踪与眼下的情况有关?"

"地球驿站。嗯,不是直接相关,但这很典型。驿站发生的事是一个象征。围绕驿站进行的烦琐斗嘴和无端争执在银河系许多地方都有发生。在过去,这本来是——你是怎么说的来着,具有绅士风度,在原则和道德准则层面上发生的事情。"

两人沉默地坐了一会儿,听着风吹过山墙纹路间缝隙发出的轻声细语。

"别在意。"尤利西斯说,"这不是你该担心的事。我不该告诉你的。这样做十分冒失。"

"你的意思是，我不该告诉别人。放心，我不会的。"

"我知道你不会，"尤利西斯说，"我没觉得你会。"

"你真的认为银河系内部的关系正在恶化？"

"以前，"尤利西斯说，"所有种族都紧密相连。我们也存在分歧，这很自然，但分歧的双方会达成妥协，有时候相当勉强，也谈不上令人满意，但两方都努力维系着表面的和平，大部分时候都能成功。你要明白，这是因为他们都愿意努力。那时存在着共同的目的，那就是让所有智慧种族都融合成一个大家庭。我们意识到，如果所有种族都参与进来，我们将拥有无比丰富的知识和技术——只要齐心协力，将这些知识和能力汇集起来，我们就能达成一些更伟大、更了不起的成就，那将是单个种族可望而不可即的。我们当然也遇到过困难，就像我之前说的，也有分歧，但我们一直在进步。我们无视那些微不足道的敌对和分歧，只在较大的问题上下功夫。我们认为，只要能在重要问题上达成一致，其他小问题会变得更小，甚至消失不见。但现在的情况不一样了。现在的倾向是把小事摆到台面上来，让它膨胀到占据不必要的空间，并对重大的问题置之不理。"

"听起来和地球很像。"伊诺克说。

"在很多方面吧，"尤利西斯说，"大体上。虽然细节迥异。"

"你读我留给你的那些报纸了吗？"

尤利西斯点点头，"看起来并不乐观。"

"恐怕要打仗了。"伊诺克直截了当地说。

尤利西斯不安地挪了挪身体。

"你们没有战争。"伊诺克说。

"你是说银河系。对，就现在的安排来说，我们没有战争。"

"文明程度太高了？"

"别这么酸溜溜的。"尤利西斯对他说，"曾有一两次，我们差点就打仗了，但近些年没有。大家庭中有很多种族都曾在形成时期经历过战争。"

"这么说，我们还有希望。它会随着成长消失。"

"假以时日，也许吧。"

"但无法保证？"

"嗯，我不会这么笃定。"

"我在画一张图表。"伊诺克说，"根据开阳星的统计学系统。图表显示，我们要打仗了。"

"用不着什么图表，"尤利西斯说，"你能判断。"

"还有其他结果。并不只是判断会不会打仗那么简单。我本来希望，图表能告诉我，怎么做才能维持和平。一定有办法。比如说，一个公式。只要我们能想到它，或者知道该去哪儿找，该问谁……"

"有一个办法可以阻止战争。"尤利西斯说。

"你是说，你知道……"

"那是种极端手段。只能在最后关头使用。"

"我们还没到最后关头？"

"我想，也许已经到了。地球要打的这场仗可能会给上千年的进步画上句号，可能将所有文化一扫而空，让文明只剩下一些微不足道的残影。也有可能，这颗星球上的大部分生命都会随之陨灭。"

"你说的这种办法——以前用过吗？"

"用过几次。"

"有效果吗？"

"哦，毫无疑问。如果没有效果，我们根本不会考虑。"

"在地球上也能用？"

"你可以申请使用。"

"我？"

"作为地球的代表。你可以亲自造访银河系中央局，恳请我们使用它。作为你的种族的一员，你可以提供证词，我们会召开听证会。如果你的请求确实有道理，中央局也许会派小组来调查，根据调查结果做决定。"

"你说让我去。地球上谁都可以吗？"

"只要是能申请召开听证会的人都行。为了召开听证会，你必须知道银河系中央局的存在，而你是地球上唯一一个知道的人。再说，你还是银河系中央局的员工。你担任驿站管理员已经很久了。你的记录一直很好。我们会愿意倾听你的诉求。"

"可是只有我一个！一个人不能代表整个种族讲话。"

"你是你们种族唯一一个有资格的人。"

"我不能咨询我们种族的其他人吗?"

"不能。就算可以,谁又会相信你的话?"

"那倒是。"伊诺克说。

这话一点不假。整个银河系组成联盟,建立起群星之间的交通网——对他来说,这些概念已不再新奇。虽然有时还会惊叹,但难以消化的感觉已经基本消失。但他记得,这个过程用了许多年。即便实物证据就摆在他眼前,他还是用了多年才完全接受这些事实。要把这些告诉另一个地球人,任谁听来都是天方夜谭。

"这个方法是?"他问道,几乎有点不敢问,心里做好了听到冲击性答案的准备。

"愚笨。"尤利西斯说。

伊诺克猛吸一口气,"愚笨? 我不懂。在很多方面,我们现在就已经够蠢的了。"

"你所想的是智力上的愚蠢,那在地球和银河系中俯拾皆是。我所说的是一种头脑能力的缺陷。这方法会让人无法理解发动地球大战所需的科技,无法操作发动那种战争所需的机械。让人类的头脑退化,无法再理解机械、技术和科学上已有的进展。已经了解这些的人会遗忘。尚未了解的人永远也学不会。回到车轮和杠杆的单纯时代。这样一来,你所说的那种战争便不可能发生。"

伊诺克挺着身体僵坐原地,说不出话,被一股冰冷的恐怖感魇住,思绪万千却杂乱无章,在脑海中争先恐后地打转。

"我说过了,这是种极端手段。"尤利西斯说,"非此不可。战争可不是随随便便就能停止的,代价不菲。"

"我没法同意!"伊诺克说,"没人能。"

"也许你做不到。但你想想看,如果开战……"

"我知道。如果开战了,结果可能会更糟。但那么做并不会停止战争。我所想的不是那种东西。人们仍然会战斗,仍然会杀戮。"

"用棍子。"尤利西斯说,"也许还有弓箭、步枪,只要还有能用的步枪,直到弹药射完为止。之后他们就不知道怎么制造火药,不知道怎么获得制造弹壳的金属了,甚至连怎么制造子弹都忘了。可能会有战斗,但不会有大屠杀。不会有整座城市被核弹头扫平,没人会发射火箭,或装配核弹头——人们可能连火箭和核弹头是什么都不知道。你们现在所知的通信方式将一去不返。交通工具也一样,只剩下最简单的形态。战争不复存在,有也仅限地区内部。"

"这太可怕了。"伊诺克说。

"战争也一样可怕。"尤利西斯说,"决定权在你。"

"可是有多久?"伊诺克问道,"这能持续多久?我们不会永远如此愚笨下去吧?"

"好几代人吧。"尤利西斯说,"到那时,这种——该怎么称呼呢?疗法?——的作用会逐渐减弱。人们会逐渐挣脱愚笨的状态,重新攀登智力高峰。事实上,他们会得到一个机会,从头再来。"

"再过几代人,"伊诺克说,"他们可能会面临与眼下一模一样的情况。"

"有可能。但我不会把这种可能性当真。文化发展几乎不可能是完全的平行线。也许你们会有更好的文明,更和平的人民。"

"让一个人来决定太……"

"往好的地方想想吧。"尤利西斯说,"这种方法只会提供给那些我们认为值得拯救的种族。"

"我需要时间考虑。"伊诺克说。

但他清楚,时间不多了。

23

　　一个人正在做事，突然一下不会做了。他周围的人也一样。他
们失去了手头活计所需的知识或技能。当然，他们会不断尝试——
也许会坚持一段时间，但恐怕不会太久。因为工作无法完成，他们
所在的公司也好，企业也好，工厂也好，都将停业。这种停业并不是
官方或法律意义上的决策，就只是单纯停止了。不仅是因为工作无
法完成，还因为没有人能理解商业系统、维持企业运转，此外系统必
需的交通和通信系统也停摆了。

　　汽车无法开动，飞机和船舶也一样，没人记得如何操作。有些
人曾拥有过开动它们所需的技能，但现在，这些技能都消失了。也
许还有人不断尝试，然后酿成悲剧。也许还有少数人隐约记得如何
驾驶汽车、卡车或公交车，它们操作简单，驾驶几乎是一种本能反

应。但它们一旦坏了，没人拥有机械修理方面的知识，就再也无法重新发动。

只要短短几个小时，人类又将被困在一个距离仍是问题的世界里。世界变得广博、宏大，海洋是天然的壁垒，一公里变得无比遥远。过不了几天，面对无法理解的现实，人们会开始恐慌、绝望，瑟瑟发抖，四处奔逃。

伊诺克心想，一座城市多久会耗尽仓储里的所有食物，开始挨饿？电线里不再有电流通过，会发生什么事？在这样的情况下，一张可笑的符号性的纸或一枚铸币还能保持多久的价值？

供应网会崩溃；商业和工业会瓦解；政府会化为泡影，既没有手段，也没有智慧维持统治；通信会中断；法律和秩序坍台；世界会落入全新的蒙昧时代，开始慢慢适应。适应过程将持续多年，途中会出现死亡和瘟疫，出现难以计数的苦难和绝望。随着时间的推移，事态会逐渐好转，世界在崭新的生活方式中安顿下来，但在调整的过程中，许多人会死去，许多人会失去原本构成他们生活的一切，连活着的意义也随之丧失。

但是，不管这有多糟糕，会比战争还糟糕吗？

也许很多人会死于寒冷、饥饿和疾病（医药也会和其他事物一样消失），但核反应的灼热火舌会让数百万人灰飞烟灭。至少不会有毒性尘埃从空中飘落，水源仍将一如既往地纯净，而土壤也将肥沃如昔。等最初的剧变阶段过去，人类仍有机会存续，然后重建整

185

个社会。

伊诺克对自己说：如果能肯定会开战，能确定战争无可避免，那这选择并不算艰难。但总有一种可能，世界可以避免战争，可以维持住摇摇欲坠的微妙平衡，那么对银河系免战疗法的急切渴求也就不复存在。他心想，必须百分百地确定，才能下决定。但要怎么才能百分百确定？书桌抽屉里的图表说会开战；许多外交官和观察员都认为，即将召开的和平会议所能达到的唯一结果就是触发战争。然而，没有人能够保证。

就算能保证，伊诺克扪心自问，单凭一个人——就他自己——怎么能为整个种族扮演上帝？一个人有什么权力为几十亿人的未来做决定？如果真做了决定，在之后的岁月里，他又能否证明那就是正确的选择？

一个人怎么能知晓战争会有多糟糕，相比之下愚笨又有多糟糕？也许答案就是——他做不到。无论怎么选，都没有办法衡量两种灾难哪个更糟。

也许，过段时间，两种选择都可以合理化。只要有足够的时间，一个人也许能逐渐说服自己，做出某种决定。即便那并不是完全正确的决定，至少他良心上会过得去。

伊诺克站起身，走到窗边。他的脚步声空荡荡地回响在驿站里。他看了眼表，已经过了午夜。

他想到，银河系中有些种族能根据比人类更加具体的逻辑原则，横穿错综复杂的思绪，迅速得出正确的决策，无论面临的问题如何。那样当然很好，因为可以做出决定。但对人类而言，所处形势的某些方面也许比决定本身更有意义，在那些种族的决策过程中，他们是否会轻视或无视这些方面呢？

伊诺克站在窗前，望着月光下一路延伸到幽暗森林边缘的田野。云朵已被风吹散，夜色宁静。他心想，这片地会一直这么和平，因为它人迹罕至，离核战争中可能成为目标的地方都很远。也许远古时代曾发生过一些早已被人遗忘、也未留下过记录的小型冲突，除此之外，这里没有发生过战斗，也永远不会发生战斗。然而，如果在怒火熊熊的决定性时刻，世界释放了可怕武器的强大威力，这里也难逃土壤和水被污染的命运。空中遍布的原子尘埃会缓缓降落，无论身在何处都一样。战争迟早会降临在他面前，如果不是巨大能量放出的闪光，就是如雪花般从天而降的死亡。

他从窗口走回书桌边，拿起早上送来的报纸叠在一起，发现尤利西斯忘了把自己特地留给他的报纸拿走。他对自己说，尤利西斯恐怕心情不好，要不然他不会忘。老天保佑你我，他心想，我们都有各自的烦恼。

今天太忙了，他意识到，自己只读了《纽约时报》的两三篇报道，都是关于这次会议的。这一天过得太紧凑了，尽是些不祥事。

他心想，过去一百年都很顺利。其中也曾有过起伏，但大部分时候，他的生活都很平静，没有任何惊人事件。然后到了今天，宁静岁月在他耳边轰然倾塌。

他曾经期冀地球能成为银河系大家庭的一员,他也许能担任大使来争取这种认可。但现在,这份期冀破碎了:驿站不仅有可能被关闭,关闭的原因偏偏还是人类的野蛮行径。当然,地球是银河系政治中的替罪羊,但这个烙印一旦打上,短期内就无法消除。无论如何,就算不关闭也会说明一个事实:为了拯救这颗行星,银河系中央局愿意对它采取极端的退化手段。

伊诺克知道,他有一些挽回的余地。他可以继续作为地球人生活,将墙边架子上成排的记录簿传给其他人,里面精心记录了他多年来采集到的信息,个人的体验和感想,还有许多琐事,都记录得一丝不苟。除此之外,还有他收集、阅读并囤积的外星文献。来自其他星球的纪念品和小玩意。地球人民也许能从中得到一些东西,帮助他们一路前行,最终迈向群星,迈向更丰富的知识、更深层的理解,这些都会成为他们的遗产——也许是所有智慧种族的遗产和权利。但地球人民在那一天到来之前会度过漫长岁月——由于今天发生的这些事,甚至比以往都更为漫长。而他在几乎一个世纪的时间里不辞辛苦收集的那些信息,与他在下一个世纪、下一个千年中本来能收集到的信息相比是那么匮乏,要提供给人类都有些拿不出手。

要是时间再长些就好了,他心想。但是,当然没有时间了。现在还不是时候,以后也没有恰当的时候。无论他能倾注多少个世纪,总有浩如烟海的信息他还没有收集到,以至于收到的那一点总是显得微不足道。

他沉重地坐在书桌前的椅子上,这时才第一次考虑起自己能否做到——他怎么可以离开银河系中央局,怎么可以用整个银河系作为代价交换一颗星球,即便他还是那颗星球的人。

他开动疲惫的头脑寻找答案,却找不到任何答案。

孤身一人,伊诺克心想。

一个人是不可能独自同时对抗地球和银河系的。

24

　　从窗外射入的阳光让他醒了过来。伊诺克一动不动地待了片刻，沉浸在阳光的温暖中。那触感很好，很坚实，令人安心，他一时忘却了烦恼和对自己的质疑。但他能感觉到它们离得有多近，又闭上了眼睛。也许，如果他再睡一会儿，它们就能自己走掉，等他再醒来时已经消失不见。

　　但除了担忧和自我质疑之外，还有些地方不对劲。

　　他的脖子和肩膀都疼，全身有种奇怪的僵硬感，枕头也太硬了。

　　伊诺克再次睁开眼，用双手撑住身体坐起来，发现他并不在床上。他坐在椅子里，枕的也不是枕头，而是书桌。他张开嘴又闭上，品了品嘴里的味道，和想象中一样糟糕。

　　他慢慢站起身，挺直身体拉伸了一会儿，试图抻开关节和肌肉中的扭结。他站在那里,忧虑、难题和对答案的急切渴望又从藏身之处跑出来,重新渗入他的四肢百骸。但他将它们都推到一边,推得算不上彻底,但也至少让它们稍做让步,蹲在一边等待下次逼近的机会。

伊诺克走到炉前寻找咖啡壶,随即记起前一天晚上把它放在了咖啡桌边的地上。他走去拿咖啡壶。两只杯子还摆在桌上,深棕色的咖啡渣淤积在杯底。在尤利西斯为了给杯子腾出空间而推到一边的成堆的小玩意中,球体金字塔侧倒着,它仍在闪闪发光,每一个球体都以与相邻球体相反的方向旋转。

伊诺克伸手拿起它。他用手指细心探索球体塔的底座,寻找也许能开关它的装置——杠杆、凹陷、鼓包、按钮,但什么也没有找到。他心想,他就知道会这样。之前也不是没找过,然而,露西昨天不知道做了什么,让球体塔运转起来,到现在也没停。它已经运转了十二小时不止,没有得出什么结果。等等,他心想——应该说,没有得出他能识别的结果。

他把球体塔摆回桌上,放正,摞起两个咖啡杯拿起来,又俯身去拿地上的咖啡壶。但他的目光始终停留在球体金字塔上。

实在令人抓狂,他心想。这玩意儿根本没法打开,然而露西打开了它。现在没办法关上了——虽然是开是关应该都无所谓。

他端着咖啡壶和杯子回到水池前。

驿站十分安静—— 一种沉重、压抑的安静。但他告诉自己,这种压抑感不过是他的想象罢了。

他走到房间另一头的留言机前,留言板上一片空白。夜里没有任何留言。怎么会觉得有呢,他心想。如果有留言,听觉信号会持续响起,一直等到他按下按钮才会停。

驿站会不会已经被弃用,本该经过这里的旅客都绕道了?但这不太可能,因为废弃地球驿站也就意味着废弃地球之后的所有驿站。通行网络中并没有延伸至旋臂的捷径,根本无法绕道而行。一连好几个小时,甚至整整一天没有旅客经过这里,都是很正常的。旅客数原本就时多时少,也没有规律可循。有时忙到预定到达的旅客不得不滞留在前一站,等着驿站空出来接收他们,有时又闲到一个旅客都没有,所有设备就像现在这样空转。

神经过敏,他心想,我有些过于紧张了。

关闭驿站前,他会收到通知的。就算没有其他理由,他们至少有这样做的礼教。

他回到炉前,开始煮咖啡。冰箱里有一包麦片糊,麦子来自天龙座的一颗丛林行星。他拿出麦片糊,又放回去,拿出一盒鸡蛋中仅剩的两个,这是邮差温斯一周前从镇上带来的。

他瞥了眼表,发现醒来的时间比平时要晚。每天的散步时间快到了。

他把平底锅放到炉子上,用勺子舀了一大块黄油扔进去。等黄油融化,他打了两颗蛋。

要不今天就不去散步了吧，他心想。除了暴风雪肆虐的一两天，这还是他第一次不去。但他挑衅地告诉自己，一直以来都这么做，并不意味着他就非得继续这么做。他完全可以不去散步，稍晚再去取邮件。这段时间可以用来补做昨天没做的事。好几份报纸堆在书桌上，等着他读。日志也没写，有很多内容要写，他必须将一切事无巨细地如实记录下来，而昨天发生了很多事。

这是自从驿站启运第一天起，他就设下的规定：记录绝不敷衍了事。有时候，他写下日志的时间可能会推迟，但就算推迟了或时间紧迫，他也从不省略哪怕一个字，而是把他认为有必要写下的一切都写下来。

他望向房间对面架子上成排成行的记录簿，自豪而满意地想到这些记录有多么完整。他已经写了将近一个世纪，从未漏过哪怕一天。

他心想，这就是他的遗产，是他献给世界的馈赠，是他回归人类种族的入场费，是他在与银河系外星种族近百年交流中所见、所闻、所思的一切。

望着那一排排的记录簿，之前被推到一旁的问题再次涌上心头，这回他无法再忽视它们了。之前他短暂地将它们挡到一边，让大脑得以清醒，身体也恢复了活力。他不再抗拒这些感受。既然无法逃避，他就选择了接受。

伊诺克把鸡蛋从平底锅里倒到盘子上，把咖啡壶从火上挪开，坐下来吃早饭。

他又瞥了眼手表。

还有时间散步。

25

人参猎人在小溪边等他。

伊诺克走在山路上,还有一段距离时就看见了他,心里蹿起一股怒火,不知道对方是否会告诉他没办法把迷雾族人的遗体还回来,告诉他发生了意外,遇到了意想不到的困难。

想到这些,伊诺克记起自己曾威胁要杀死所有阻碍归还遗体的人。他对自己说,也许那么说并不明智。他不知道自己杀不杀得了人——倒不是他以前没杀过人。但那是很久以前的事了,而且那是要么杀人,要么被杀的局面。

他闭了闭眼,仿佛又看见下方的山坡,长长的队伍在飘散的烟雾中前行,他知道那队伍爬山的目的只有一个,那就是杀死山顶上的所有人,包括他。

那不是他第一次杀人,也不是最后一次,但多年的杀戮经历都浓缩在那一刻——不是那一刻之后,而是当他注视着成排的人为了杀他而爬上山坡,那漫长而可怖的一瞬间。

就在那一刻,他意识到了战争是多么疯狂。徒劳的姿态随着时间推移将变得毫无意义,毫无逻辑可言的狂怒必须在原本引发狂怒的事件结束之后,通过其他手段长期维持下去,而一个人苦痛的死亡仅仅是为了证明一种权力或维护一种原则,又是多么不讲道理。

他想到,在漫长历史长河的某个节点上,人类将一种疯狂当作原则接纳,并一直延续至今。这种由疯狂变成的原则随时准备毁灭,就算不毁灭整个种族,至少也毁灭了许多个世纪里,人类苦苦得来、被视作人类文明象征的物质和精神上的一切。

路易斯原本坐在一根倒下的圆木上,等伊诺克走近后站了起来。

"我在这里等你,"他说,"希望你别介意。"

伊诺克迈步越过小溪。

"遗体会在傍晚抵达。"路易斯说,"华盛顿会将它空运到麦迪逊市,再用卡车送过来。"

伊诺克点点头,"很高兴听到这个消息。"

"他们坚持要我再问你,"路易斯说,"那遗体到底是什么?"

"我昨晚就说过了,"伊诺克说,"什么也不能告诉你。我也希望不是这样。多年来,我一直琢磨该怎么讲出来,但没办法。"

"那遗体来自地球之外。"路易斯说,"这一点我们可以确定。"

"你们是这么想的。"伊诺克说,用了陈述的口吻。

"还有那座房子,"路易斯说,"也是外星之物。"

"房子是我父亲建的。"伊诺克简洁地说。

"但有什么改变了它。"路易斯说,"这并不是他建造时的模样。"

"时间会改变许多东西。"伊诺克说。

"改变一切,除了你。"

伊诺克冲他咧嘴一笑。"这么说,这让你不安,"他说,"你觉得这有违伦理。"

路易斯摇摇头,"不,并非有违伦理。其实没什么。我监视你多年,已经接受了你和关于你的一切。当然算不上理解,但是完全能接受。有时我会觉得我疯了,但也只是暂时想想。我尽量不来打扰你。我努力让一切维持原样。和你见过面后,我很高兴我这么做了。但我们不该像现在这样。我们表现得仿佛是敌人,是不熟悉彼此的狗——不该如此。我想,我们两人应该有很多共通点。这里正在发生一些事,我不想进行任何干涉。"

"可你已经干涉了。"伊诺克说,"你偷走了遗体,没有比这更糟的事了。就算你坐下来谋划该怎样伤害我,也找不出更糟的选择了。不仅是我。说真的,我根本不重要。你伤害的是整个人类种族。"

"我不明白。"路易斯说,"很抱歉,我不理解。我看到石头上有碑文……"

"是我的错。"伊诺克说,"我不该立起那块墓碑。但当时,我觉得应该那么做。我没想到会有人四处窥探……"

"是你的朋友吗?"

"我的朋友?哦,你是说遗体。嗯,不算是。不是那个特定的个体。"

"事已至此,"路易斯说,"我很抱歉。"

"抱歉也没用。"伊诺克说。

"可是难道没有——就没有什么能做的吗?除了把遗体送回来。"

"有,"伊诺克告诉他,"也许还有能做的事。我可能需要你的帮助。"

"说吧。"路易斯立即回答,"只要是我能做的……"

"我可能需要一辆卡车,"伊诺克说,"搬运东西。有记录簿之类的。可能要得很急。"

"我可以安排一辆卡车。"路易斯说,"安排卡车待命,还有帮你搬运的人手。"

"我可能会想和权威人士谈谈。高层的人。总统。国务卿。也许是联合国。我不知道。我得仔细想想。不仅要和他们谈谈,还要想办法保证他们能认真听我要说的话。"

"我来安排,"路易斯说,"移动短波设备。我会安排设备待命。"

"还有认真听我说话的人？"

"没问题。"路易斯说，"你想找谁都行。"

"还有一件事。"

"什么都行。"路易斯说。

"遗忘。"伊诺克说，"也许我不需要任何东西。不需要卡车，也不需要其他。也许我必须让事情维持原状。如果是这样，你和其他人能不能忘掉我提出要求这件事？"

"我想可以，"路易斯说，"但我会继续监视。"

"希望如此。"伊诺克说，"也许未来的我会需要你的帮忙。但不要再干涉了。"

"你确定，"路易斯问他，"没别的了？"

伊诺克摇摇头，"没了。剩下的我会自己处理。"

他心想，也许他已经说得太多了。他怎么能确定这个人是否可信？他怎么能确定任何人是否可信？

然而，如果他决定离开银河系中央局，站在地球这一边，他也许会需要他人的帮助。外星人也许会反对他带走记录簿和外星纪念品。如果他想带走这些东西，他也许得采取极快的行动。

但他真的想离开银河系中央局吗？他能够放弃整个银河系吗？他能够拒绝他们的邀请，不去其他星球担任驿站管理员吗？等时间到了，他能切断与其他种族、其他神秘星球的所有联系吗？

他已经为此采取了行动。在这里，就在刚刚过去的这几分钟，他不假思索地为留在地球上做出了安排，仿佛已经决定好了。

他站在原地思考着，为自己的行为困惑不已。

"会有人守在这里，"路易斯说，"在这条小溪边。不是我就是能联系到我的某个人。"

伊诺克心不在焉地点点头。

"你每天早上散步的时候，都会有人看着你。"路易斯说，"或者，如果你想找我们，随时可以到这里来。"

像是一场密谋，伊诺克心想。像一群孩子在玩警察与强盗。

"我得走了。"他说，"到取信的时间了。温斯会担心我的。"

他开始往山上走去。

"回头见。"路易斯说。

"嗯。"伊诺克说，"回头见。"

他惊讶地感到一股温暖在体内弥漫——仿佛是某个出错的地方得到了改正，仿佛是丢失的东西又找了回来。

26

伊诺克在通往驿站的小路上走了一半,遇到了邮差。老爷车跑得飞快,跌跌撞撞地冲过长满野草的车辙,在沿小径生长的灌木丛枝条中嗖嗖穿行。

温斯望见伊诺克就停住了车,坐下来等他。

"你走了又绕回来了?"伊诺克一边走近一边说,"还是换了条路线?"

"你没在邮箱边等我,"温斯说,"我非见你不可。"

"有重要邮件?"

"不,不是邮件的问题。是老汉克·费舍尔。他去了米尔维尔市,在艾迪酒馆请人喝酒,满嘴胡言乱语。"

"花钱请客可不像汉克的作风啊。"

"他对所有人说，你试图绑架露西。"

"我没有绑架她。"伊诺克说，"汉克拿牛鞭抽她，我让她藏了起来，让汉克冷静冷静。"

"你不该那么做的，伊诺克。"

"也许吧。但汉克打定主意要抽她。他已经抽了一两下了。"

"汉克会找你麻烦的。"

"他也是这么对我说的。"

"他说你绑架了露西，然后又害怕起来，把她送回去了。他说你把露西藏在自己家里，他想破门而入去找她，但却进不去。他说你的房子很古怪。他说他拿斧子砍窗户，斧刃断了。"

"没什么古怪的。"伊诺克说，"都是汉克的臆想。"

"现在还没什么，"邮差说，"光天化日，头脑清醒，他们什么也不会做。但等到晚上，他们喝多了，头脑也不清醒了，有些人可能会来找你。"

"我猜他告诉大家，我被恶魔附身了。"

"不只如此，"温斯说，"我听了一会儿才出来。"

他把手伸进邮袋，摸索了一会儿，掏出一捆报纸给伊诺克。

"伊诺克，有一点你必须知道。也许你自己还没意识到。要煽动一帮人跟你作对是很容易的——你的生活方式啊，这个那个的。你是个怪人。不，我不是说你有什么问题——我了解你，也知道你没什么问题——但不认识你的人很容易对你有偏见。到现在为止，他们还没来打扰你,因为你没给他们任何行动的理由。但如果他们被汉克说的那些话煽动了……"

他没把话说完,让句子就那么停在半截。

"你是说,他们可能会组团。"伊诺克说。

温斯点点头,没出声。

"谢了。"伊诺克说,"谢谢你的提醒。"

"真的没人能闯进你的房子吗?"邮差问。

"我想是真的。"伊诺克承认,"他们闯不进去,也没法放火烧了它。他们对我的房子无计可施。"

"既然这样,如果是我,今晚就会待在家里。闭门不出。我不会冒险出门的。"

"我可能会这样做。这主意听起来不错。"

"嗯,"温斯说,"差不多就这些。我觉得应该告诉你一声。我得倒车回大路了,这儿没地方掉头。"

"你可以一直开到房子前面。那儿有地方。"

"这儿离大路不远。"温斯说,"小菜一碟。"

汽车开始缓慢倒行。

伊诺克站在原地眺望着。

当汽车开始沿弯道倒行,即将从视野中消失时,他举起手庄严敬礼。温斯挥手作别,汽车随即消失在道路两旁的灌木丛中不见了。

伊诺克慢慢转过身，步履沉重地向驿站走去。

一群暴徒，他心想——上帝啊，一群暴徒！

一群人围着驿站大呼小叫，捶打门窗，对着房子发射子弹，这会磨灭阻止银河系中央局关停这座驿站的最后一丝希望——如果现在还保留着一丝希望的话。有了这样的现场演示，那些要求停止往这一侧旋臂扩张的种族无疑又多了一个有力证据。

他心想，为什么事情都赶在一起？多年来驿站没有出过任何事，现在倒好，短短几个小时就这么多事。一切似乎都在与他作对。

如果暴徒来到这里，这不仅意味着驿站的命运会就此一锤定音，也许还意味着他别无他法，只能选择去另一个驿站当管理员。这也许会让他无法再留在地球上，无论他的意愿如何。他猛然一惊，突然意识到，说不定连派遣到另一个驿站的邀请都会因此撤销。因为如果有一群暴徒吼叫着要他不见血不罢休，那对人类整体提出的过于野蛮的控诉也将在他身上应验。

也许，他对自己说，应该去小溪边，再见路易斯一面。也许应该想些办法，阻挡可能到来的暴徒。但他知道，如果去找路易斯，他就必须提供一个解释，说不定会透露太多。也许不会有暴徒这回事，没人真信汉克·费舍尔说的话，也许不必采取任何行动，整件事就会过去。

他可以躲在驿站里，祈求一个最好的结果。也许暴徒抵达的时候——如果他们真的会来——驿站里并没有旅客。也许事情发生了,但并没引起银河系的注意。如果他运气好,说不定会这样。根据平均定律,好运也该轮到他头上了。过去这几天,他可是半点运气也没有。

他来到前院坏掉的院门前,停住脚抬头看着房子,出于某种自己也无法理解的理由,试图把它看成小时候居住的那座房子。

它一如既往地伫立着,毫无变化,只不过以前每扇窗户都挂着褶边窗帘。房子周围的庭院随着草木多年的缓慢生长变了模样,成簇的紫丁香长得更厚、更多,每过一个春天都又杂乱一分,他父亲种下的榆树从两米的细枝长成了参天大树,厨房角落的黄玫瑰丛在某个已经遗忘的冬天死掉了,花床消失不见了,院门边的小香草园里则野草丛生,一片杂芜。

院门两侧各有一道石墙,现在只剩下两堆略微隆起的乱石堆。上百次的霜降,树藤和野草的蔓延,长年的疏于照看,都留下了各自的印记。伊诺克心想,再过一百年,这里会化为平地,石墙消失得不留痕迹。田地里,在饱受侵蚀的斜坡上,有几段很长的石墙已然不见。

这些变化都在发生,然而在此刻之前,他一直浑然不觉。现在他注意到了,并且奇怪为什么会注意到。是不是因为他有可能终将回归地球——在肉体上,他从未离开过地球的土壤、阳光和空气,然而,他曾在群星间畅游,在比大多数人所得份额漫长得多的时间里抵达了不止一个,而是不计其数的星球。

他站在夏末的阳光里,在冷风中瑟瑟发抖,那风仿佛是从某个不为人知的非现实维度吹来的。他第一次思考起(第一次被事态逼迫着主动思考)自己是什么人。一个精神备受折磨的人?既不完全是外星人,也不完全是人类,忠诚心分为两半,无论选择地球生活还是选择群星,都只有旧日鬼魂陪他踏上未来的岁月和旅程。一个文化上的混血儿?既不了解地球,也不了解宇宙,对双方都有所亏欠,却不对任何一方进行补偿。一个无家可归、居无定所、四处流浪的生物?见过太多不同的是非逻辑(而且都很有道理),于是再也辨不出是非。

他已经爬过小溪上方的山丘,与人类队伍结成了孩子气的密谋同盟,内心因重新获得人性、回归人类种族而充盈着玫瑰色的暖光。但他能算是真正的人类吗——如果能,如果他想当人类,之前百年间对银河系中央局没有明说过的效忠又算什么呢?他扪心自问,自己想过要当人类吗?

他慢步穿过院门,这些问题仍在脑中持续敲击,形成无止无休的巨大洪流,却得不到任何答案。也不对,他心想。不是没有答案,而是有太多答案了。

也许玛丽、大卫他们今晚会来,可以一起讨论——然后他突然想起来了。

他们不会来了。玛丽不会,大卫不会,其他人也不会。多年来,他们一直前来拜访,但以后不会再来了,魔法已经消散,幻觉也已破灭，只剩下他孤身一人。

他始终都是孤身一人，伊诺克苦涩地提醒自己。那些都是幻觉，从来没有真实存在过。他骗了自己很多年——其中最热切、最心甘情愿的自我欺瞒，就是用想象中的造物填充了壁炉前空荡荡的小角落。出于对看到人类身影、听到人类声音的渴求，在外星科技的协助下，他创造了他们，他们的存在能够刺激每一种感官，除了踏实的触觉。

他们的存在也挑战了所有的伦理概念。

不伦不类的存在，他心想。可怜又可悲的不伦不类的存在，既不完全属于幻影，也不完全属于真实世界。

对幻影而言太有人性，对地球而言又太过虚幻。

玛丽，如果早知如此——如果早知如此，我绝对不会走上这条路。我宁愿与孤独为伴。

然而，他已经无法挽回。没有任何办法能够弥补。

我这是怎么了？他问自己。在我身上出了什么事？

发生了什么？

他甚至无法清晰思考。他对自己说，最好留在驿站里，躲避可能会来的暴徒——但他不能留在驿站里，因为天黑后不久，路易斯就会把迷雾族人的遗体送回来。

如果暴徒正好在路易斯送遗体时出现，那场面将不可收拾。

这个念头令他不知所措，犹豫不决地站着没动。

如果他能提醒路易斯有危险，他也许就不会把遗体送来。但他必须把遗体送来。天亮之前，迷雾族人的遗体必须好好地躺回坟墓里。

他决定冒一次险。

暴徒也许不会来。就算来了，他也一定能想办法对付他们。

一定会有办法的，他告诉自己。

他必须想出什么办法来。

27

驿站里和他离开时一样寂静。没有新留言,机器都很沉默,甚至没有像某些时候那样自顾自地嗡嗡作响。

伊诺克将步枪放到桌上,报纸捆扔到旁边。他脱下外套,挂到椅背上。

还有报纸要读,今天和昨天两天的量,还有日志要补。他提醒自己,写日志要花很多时间。就算把字写得紧凑一些,也要好几页才能记全,他必须按事情的发生顺序,逻辑清晰地记录,这样读起来就像是他昨天写了昨天发生的事,而不是迟了整整一天。他不能漏掉任何东西,必须把每件事的方方面面都描述完整,再写下自己的反应和思考。他一直都是这么写的,现在也必须照旧。他之所以能够这样做,是因为他为自己创造了一个小小的特殊空间,既不是在地球上,也不是在银河系里,而是一种也许能称为"存在"的模糊状态。他遵循这个特殊空间的准则行动,仿佛中世纪苦行僧守在牢房的方寸之地里修行。他只是个观察者,一个充满好奇的观察者。他并不满足于单纯的观察,而是努力研究观察到的结果,但他本质上仍然是个观察者,并没有亲身参与周围发生的一切,也不是其中的重要角色。但在过去这两天里,他意识到,自己观察者的身份已不复存在。地球和银河系都来侵扰他,特殊空间不见了,他变成了参与者。他失去了客观的视角,以往作为日志坚实基础的那种正确又无情的事实性描述口吻已经不能用了。

他走到摆满记录簿的书架前,拿出正在写的一册,翻动纸页,寻找最后停笔的地方,发现这一册快写完了。记录簿不剩几张白纸,也许已不足以写下待记的一切。他心想,他恐怕会写完这一册,再拿一本新的继续写。

他拿着记录簿站着不动,盯着最后停笔的那一页,那是他前天写的。仅仅过了两天,他的笔迹看起来像是古老的文字,甚至有些褪色。确实有可能,他心想,写这段的时候与现在已分属两个不同时代。那是世界在他周围轰然坍塌前的最后一次记录。

他扪心自问,再写下去又有什么用?能派上用场的记录都已写完。驿站关停后,他的星球会毫无未来——无论他留在地球上,还是去另一个星球的另一个驿站,地球都毫无未来可言。

他生气地猛然合上记录簿,放回架子上。然后走回书桌前。

地球没有未来,他心想,他同样也没有,迷失、愤怒、迷惘。对命运愤怒(如果有命运这种东西的话),也对愚笨愤怒。不仅是地球智商上的愚笨,更是整个银河系智商上的愚笨,还有那些琐碎的争执,银河系的扩张终于抵达了这一带,这里的种族加入大家庭的进程却会因为那些争执而画上句号。银河系也和地球一样,无论制造出的小玩意有多少、有多复杂,人们的思想境界有多高尚,又有多睿智博识,它的存在仍然可能止步于文化,而达不到文明。若想达到真正的文明,必须还有其他什么东西,比创造品和思想微妙得多。

他感到身体紧绷,急于做点什么——如笼中踱步的野兽般在驿站里徘徊,或跑到外面意义不明地放声大叫,叫到肺里彻底没气,或者摔砸东西,将狂怒与失望宣泄一空。

他伸出手,一把抄起桌上的步枪。他打开存放弹药的抽屉,拿了一盒出来,拆开纸盒将子弹倒进口袋。

然后他拿着步枪站了片刻,房间中的寂静似乎在对他发出隆隆响声,他意识到其中的凄凉、冰冷,又把步枪放回了桌上。

他心想,把愤恨和狂怒发泄在虚无的东西上也太幼稚了。何况他并没有愤恨、狂怒的理由。他应当认清这些事发生的规律,进而接受。这是人类应该早就习惯了的局面。

他环视驿站,宁静和等待的氛围仍然存在,仿佛这座建筑正在静待下一件事随时间的自然流动而发生。

他轻声笑了,又伸手抓起步枪。

　　无论是不是虚无,都能分散他的注意力,让他从席卷一切的问题旋涡中逃离片刻。

　　他也该练习射击了。上一次去步枪射击场已经是十天前的事了。

28

　　地下室十分宽敞。他开了灯，光线笼罩范围之外的空间隐匿在一片昏暗的雾气里，四处都是隧道和空间，是深深凿开山脊下方的岩层开拓出来的。

　　这里摆放着巨大的液罐，存储为液罐旅行者准备的各种溶液；还有液泵和发电机，后者的工作原理与人类的发电原理迥异；在地下室还要向下很远的深层存放着巨大的储存罐，里面的酸液和浆状液体属于曾经途经驿站的一些生物，前往下一站后，他们留在这里的躯体就再也无用，只能像这样抛弃。

　　伊诺克在液罐和发电机间穿行，来到一段延伸至黑暗中的长廊前。他找到墙上的控制板，按下按钮打开灯，随即走下长廊。长廊两侧是金属置物架，专门用来摆放旅客们带来的诸多小玩意儿、手工艺品和纪念品。从地面延伸到天花板的架子摆得满满当当,仿佛是来自银河系各处的物品的垃圾场。也许不能说是垃圾场,伊诺克心想,毕竟这些东西不太可能是垃圾。它们都能用,都具有某种功能,无论是实用上的还是美学上的,只是没人了解罢了。不过并非所有功能都能让人类使用。

在整排陈列架尽头,有一部分架子上的物品摆得更有系统性、更仔细,每一件都贴着标签,编了号,还与卡片目录和日志日期相互交叉引用。这些是他了解其功能,有时还对其运作原理略知一二的物品。有些简单易懂,有些具有巨大的潜在价值,还有些与当下的人类生活扯不上半点关系——除此之外,还有几个东西上贴着红色标签,光是想想它们的功能就令人瑟瑟发抖。

他沿着长廊往前走,脚步声响亮地回荡在这片由外星幽魂盘踞的空间里。

长廊到了尽头,延伸为一个椭圆形的房间,房间墙上覆着一层厚厚的灰色物质,子弹射出后会陷在里面,防止跳弹。

伊诺克走到墙上深陷的凹坑前,里面有块控制板。他把手伸进去,用大拇指扳起一个锁簧,然后快步走到房间中央。

房间逐渐变暗,然后突然一片明亮,他不再在房间里,而是在另一个从没见过的地方。

他站在小山岗上,面前的山坡向下延伸至一条水流缓慢的小河,河岸边是一片沼泽。沼泽边缘和山岗之间是一片高大粗实的野草之海。这里没有风,但草丛泛起阵阵波浪,伊诺克知道那是因为有许多生物在草间觅食。那里传来凶狠的哼声,仿佛有上千只愤怒的野猪在上百条泔水槽中抢夺一口精选餐食。更远处传来低沉单调的吼叫,听起来嘶哑疲惫,也许是从河流那边传来的。

伊诺克感到头皮阵阵发麻,端起枪做好了准备。这一切令人摸不着头脑。他感知并察觉到了危险的征兆,然而表面上风平浪静。但是,连空气都洋溢着凶险的气息——不管这到底是什么地方。

他猛然转身,看到身后不远处是一片茂密幽暗的森林,森林沿着河两岸的山丘延伸下来,与他所在山岗周围的草海相会。在越过河两岸山丘的远方,深紫色的高大群山连绵不绝,渐渐与天色融为一体,但峰顶都是紫色的,不见积雪的迹象。

两只生物从森林里小跑过来,在林子边缘停下了。它们坐在地上冲伊诺克咧嘴微笑,尾巴整齐地缠在脚边。它们可能是狼或狗,但也可能两样都不是。伊诺克从来没有见过,也没有听说过这样的生物。它们的毛发在黯淡的阳光下微微发亮,仿佛上过了油,但毛发长到脖子就停下了,头部和脸部的皮肤都裸露在外。那模样仿佛是两个邪恶的老人披着狼皮去参加化装舞会。但它们的嘴里吐出长长的舌头,在惨白脸色的衬托下乌得显眼,破坏了这种伪装。

森林寂静无声。只有这两只骨瘦如柴的野兽盘地而坐。它们冲伊诺克咧嘴笑着,一种奇特的没有牙齿的笑容。

森林昏暗一片,枝叶纠缠,树木的绿色深到发黑。树叶都泛着光,仿佛被人打磨出了特别的光泽。

伊诺克又快速回身,重新向河流望去。草丛边蹲着一排蛤蟆模样的怪物,一点八米长,零点九米高,身体是死鱼肚般的白色,每只都只有一只眼睛,或者说是只有一个看起来像眼睛的部位,在口鼻上方占据了相当大的面积。那些眼睛是多面体,在昏暗的阳光下发着光,就像捕猎的猫受到光束直射时的眼睛。

河流那边传来的嘶哑吼声还在继续,中间穿插着一种隐约而细微的嗡嗡声,愤怒而带有敌意,像是蚊子盘旋着准备攻击,但那声音比蚊子的嗡嗡声更尖锐。

伊诺克猛然扬起头望向空中,远方有一串小黑点,高得看不清是什么。

他又低头望向蹲坐成一排的蛤蟆模样的生物,余光捕捉到什么东西在动,于是又转回身面对森林。

长着骷髅头的类狼生物正无声无息地冲上山岗。它们并没有在跑。它们没有做出任何跑步的动作。应该说,它们移动的方式仿佛是从什么管子里喷射出来的一样。

伊诺克一把端起步枪架到肩上,枪的位置恰到好处,仿佛是他身体的一部分。珠状准星在后瞄准槽里找到位置,遮住了打头的野兽骷髅般的脸。他扣下扳机,枪身随之一震。不等看清目标是否倒下,伊诺克就将枪管甩向第二只野兽,右拳同时操作枪栓。枪身再次震动,第二只类狼生物翻了个跟头,又向前滑了一会儿,随即向山下滚去,一边滚一边变得瘫软无力。

伊诺克再次操作枪栓,废弃弹壳在阳光下闪闪发亮。他迅速转身,面对另一侧的山坡。

蛤蟆怪离得更近了。它们一直在偷偷接近,伊诺克一转身,它们都停住蹲了下来,目光紧盯着他。

伊诺克一只手伸进口袋,拿出两枚子弹压入弹仓,补上刚打完的弹药。

河边的吼叫声停下了,出现了一种无法确定来源的啼鸣。他谨慎地转过身,试图寻找声音的来源,然而什么也没看见。啼鸣似乎是从森林传来的,但林中没有任何动静。

在啼鸣的间隙中,他仍听得见嗡嗡声,比之前更响了。他瞥了眼天空,那些黑点变大了,也不再排成一条线。它们形成了一个圆圈,似乎正旋转下行,但距离尚远,还是看不清到底是什么生物。

伊诺克又瞥了眼蛤蟆怪,它们离得比之前还近,显然又偷偷靠过来了一些。

伊诺克举起步枪,不等架到肩上就扣下扳机,从髋部的高度开了枪。离得最近的蛤蟆怪的眼睛炸开来,像是石头投入水中般液体飞溅。它既没跳起来,也没瘫倒。它只是在地面上变扁了,仿佛有人踩了它一脚,力道正好将它压扁。它扁平地躺着,原本是眼睛的地方剩下一个大圆洞,里面充满了浓稠的黄色液体,也许是它的血。

其他怪物警惕地缓慢后退。它们一路退下山岗,到了草地边缘才停下。

啼鸣更近了,嗡嗡声也更响了,啼鸣毫无疑问是从群山的方向传来的。

伊诺克左右环顾,看到了目标,它大步越过天空,沿着山脊一路向下,迈着步子越过森林,发出哀怨的啼鸣。它是一只圆圆的黑气球,随着每声鸣叫胀气又泄气,一边走一边上下晃动、左右摇摆。它从四条又长又细的腿的中央悬挂下来,四条腿在气球上方弯曲,在连接起这个腿部结构上半部分的关节上会集。向下伸展的腿摆动着,让气球高悬于森林上方。它走得时快时慢,高抬起腿避开厚大的树冠,再把腿放下。每当它放下一只腿,伊诺克都能听见枝叶和树干断裂的咔嚓声和倒塌时的碰撞声。

伊诺克感到脊背发凉,后脑勺底部的汗毛也遵循某种原始本能直立起来,伸展成战斗时恫吓敌人的颈圈。

即便他吓得几乎全身僵直,脑子里也还留有之前开过一枪的印象,手指也伸进衣兜,又拿出子弹填充弹仓。

嗡嗡声变响了很多,音高也变了。现在这声音正向他高速接近。

伊诺克猛然抬头,那些小黑点不再在空中盘旋,而是一个接一个地向他俯冲过来。

他瞥了眼气球,它一边啼鸣一边随着高跷般长腿的蹬踏阵阵抽动。它还在靠近,但俯冲的黑点速度更快,会率先抵达山岗。

　　他伸直胳膊端起步枪,随时准备搭到肩上,凝望着下落的黑点群。它们不再是黑点,而是丑陋无比的流线型身体,每一只都带着一把从头部伸出的长剑。应该是一种喙,伊诺克心想。这些东西也许是鸟,但比地球上的任何鸟类都更长、更细、更大,也更致命。

　　嗡嗡声变成了尖叫,尖叫沿着音阶逐渐爬高,直到尖厉得让人忍不住咬紧牙关,与之相伴的是黑气球大步穿过山间的啼鸣,仿佛节拍器打着拍子。

　　伊诺克浑然不觉自己动了胳膊,但步枪已经端在肩上,等待打头的怪物冲进射击范围。

　　它们像石头坠落般从天而降,比他想象中还要大——成群的巨剑向他刺来。

　　步枪枪托猛击他的肩膀,第一只倒下了,失去了箭矢的形状,折叠起来继续下落,偏离了原本的轨道。伊诺克操纵枪栓再度开火,第二只失去平衡,即将跌落——枪栓再次滑动,扳机再次扣下。第三只从空中划过,打斜偏向一旁,了无生气地在风中飘动,向河边坠落。

　　其余怪物停止了俯冲。它们转了个急弯,拍打翅膀飞回空中,巨大的翅膀拼命扇动,比起羽翼更像是风车。

　　一片阴影笼罩了山岗,一根巨大的柱子不知道从哪里落下,轰然打在山岗一侧。地面随着冲击而颤动,隐匿在草地中的水高高喷向半空。

啼鸣声吞噬了其他一切声音,巨大的气球在四条腿的保护下逐渐降落,变得越来越大。

伊诺克看到了它的脸,如果如此丑恶骇人的东西能叫作脸的话。有一只喙,下面是一张吸吮的嘴,此外还有十几个也许是眼睛的器官。

它的腿是倒"V"字形的,内侧的长度比外侧稍短,两截于关节处相交,四个关节组成的方形中央悬挂着这东西的身体,也就是气球。它的脸在气球底部,能够将下方的捕猎场看得一清二楚。

但现在,外侧的附属关节弯曲下来,让这东西的身体下落,以便捕捉猎物。

伊诺克没有意识到自己抬起步枪或进行了什么操作,但枪托猛然撞击着他的肩,感觉就像有一部分的他站在一旁,注视着步枪发射——仿佛持枪开火的是另一个人。

巨大的肉块从黑气球上飞散而出,它的表面突然撕开不规则的切口,淌出的团状液体变成了雾,落下黑色的液滴。

撞针击打着空荡荡的后膛,但已不必再开枪了。黑气球长腿颤抖着折叠起来,萎缩的身体在不断溢出的浓雾中不受控制地抽搐。啼鸣消失了,伊诺克能听见那片云雾流出的黑色液滴掉落在山丘短短的草叶上,发出滴滴答答的声音。

一阵令人作呕的气味传来,滴在他身上的液体如冷油般黏稠,他头顶上那个踩着高跷一般的生物的巨大结构正倒向地面。

然后世界迅速隐去,不复存在。

伊诺克站在椭圆形的房间里,灯泡发出微弱的光芒。室内弥漫着浓重的火药味,射击后从步枪里弹出来的弹壳在他脚下散落一地,在灯下锃光瓦亮。

他又回到了地下室。打靶练习结束了。

29

伊诺克放低枪口,谨慎而缓慢地吸了口气。一直都是这样,他心想。在经历过虚幻的狩猎季后,他似乎需要这样一点一点地放松,才能回到自己的世界。

当他扳动开关,开启即将来临的冒险,他知道这都是幻象。一切结束后,他也知道这都是幻象。然而在它持续期间,那并不是幻象。那和实际发生的事一样实在而真切。

伊诺克记得,刚开始建驿站的时候,他们曾问过他,有没有什么爱好——需要在驿站里为他添加什么娱乐设施。他说想要射击练习场,并以为他们会建一个射击馆,放上链条拴着的野鸭或随车轮旋转的陶土管。但对于设计驿站的疯狂建筑师和实际动手的、嘻嘻哈哈的施工队来说,那显然过于简陋了。

一开始,他们并不明白射击练习场是什么,他不得不解释什么是步枪;它是怎么运作的;使用目的又是什么。他讲了在阳光明媚的秋季早晨猎杀松鼠,在初雪来临时摇晃灌木丛,将兔子赶出来(不过对兔子用的不是步枪,而是猎枪),在秋季夜晚狩猎浣熊,在通往河流的小道上守候野鹿。但他并没有完全说实话,他并没说出在漫长的四年中,他用步枪干过的那些事。

他讲起(因为他们易于交谈)年轻时曾梦想去非洲捕猎,但他一边讲着这些,一边清楚地知道那有多么遥不可及。不过,自那天起,他猎捕过许多比任何非洲生物都要奇特得多的野兽(也被它们猎捕)。

至于那些野兽是根据什么造出来的,除了提供场景录像带的外星人的想象力,是否还有其他设计原型,他一概不知。他上千次地使用这片射击场,无论是场景还是横行其道的野兽,都从来没有重复过。不过,他心想,也许它们的数量是有限的,等用完了会再从头播放。但已经无所谓了,就算录像带从头播放,他也不太可能回忆起多年前冒险的具体细节。

他并不理解这个虚幻射击场用了什么科技,也不明白它的运作原理。和许多其他事物一样,他无须理解就接受了。不过,他心想,也许有一天,他能找到一些线索,假以时日,能让盲目的接受变成理解——不仅是理解射击场,还有许多其他东西。

他经常会想,关于他对步枪射击场的迷恋,令人做出杀戮行为的原始驱动力,外星人是怎么想的?这种杀戮并不只是为了取乐,也是为了消除危险,以更强大、更有技巧的暴力对待暴力,以狡黠对待狡黠。他想知道,他对步枪的喜爱是否影响到了外星朋友对人类性格的评估?就外星人的理解,该如何在屠杀其他生命形式与屠杀自己的同胞之间划清界限?游乐性质的猎杀与战争之间又是否存在明确界线,能经得起逻辑的检验?在外星人眼里,这样的区分也许很难,因为在许多情况下,与外星种族相比,被猎杀的动物的存在形态和特征与人类猎手更相近。

战争是否是一种本能,每个普通人也担负着与政策制定者和所谓的政治家一样的责任吗?听起来似乎不可能,然而每个人内心深处都存在着战斗本能、侵略冲动和奇特的竞争意识——如果被它们驱使着走到最后,结果就是某种形式的冲突。

他将步枪夹在腋下,走到控制板前。最底下有个凹槽,里面伸出一截纸条。

伊诺克拉出纸条,读了一会儿上面的符号。结果并不令人安心。他的射击成绩不好。

冲那只长着老人脸的狼样怪物开的第一枪没打中。在那里,在那个虚幻的维度,它和同伴正围着撕成一条条、碾成一团团的肉,和断裂的骨头大嚼特嚼,那就是伊诺克·华莱士的下场。

30

他又穿过长廊,两边是成堆的纪念品。在普通人家里,它们也许会堆在干燥而满是灰尘的阁楼上。

纸条让他心绪不宁。它说他其他子弹都打中了,就是射丢了山岗上最初的那一发。他很少失误。他所接受的射击训练就是为了应对那种情况的:永远也不知道下一秒会发生什么,一切都无法预测,要么你死,要么我活。上千次前往目标区域的远征教会了他。也许是因为最近没太认真执行训练计划,他自我安慰。也许他根本没有理由认真训练,毕竟射击只是为了消遣,他拿步枪出门散步只是出于习惯,并无其他目的。他带上步枪,就像其他人带上手杖或拐杖。当然,在他刚开始这样做的时候,步枪是另一种步枪,日子也是另一种日子。那时,一个人散步时带上步枪并不罕见。但如今不同了,他内心苦笑着想,不知道平日带枪的举动给看到他的人提供了多少话题。

长廊即将走到尽头时,他瞥见架子最下层有只黑色的大箱子伸了出来,箱子体积太大了,没法完全塞进去,虽然一头已经紧抵墙面,另一头仍然比架子长出四五十厘米。

他差点就这么走过去,然后突然转身停下。那只箱子,他想起来——那是在楼上去世的那位迷雾族旅客的箱子。它属于那具今晚就会被送回墓穴的,被人偷走的遗体。

他走过去,把步枪靠在架子上。他弯下腰,把箱子从架子上拉了出来。

在将它扛下楼收纳到架子上之前,他曾经打开过一次,并翻了翻里面的内容,但他记得,当时并没什么东西引起他的注意。现在他突然有了强烈的兴趣。

他小心地打开箱盖,让它靠在架子上。

然后他对着敞开的箱口蹲下来,暂时没动里面的东西,而是试着清点表层物品。

有一件微微发光的斗篷,叠得很整齐,也许是某种仪式用的斗篷,但他没法确定。斗篷上摆着个小瓶子,里面反射着耀眼的光,仿佛有人拿了块巨大的钻石,凿空做成了瓶子。斗篷旁边是一堆深紫色的球,它们表面暗沉无光,看起来与乒乓球并无两样,只是被人粘在一起,组成了一个大球。但事实并非如此,伊诺克还记得,上次打开箱子的时候他就被这些球迷住了,伸手去拿,发现它们并没粘在一起,而是可以自由移动的,只是无法移出它们组成的形状的范围。任何一颗球都不能离开整体,无论多么用力都不行,但可以在其他球之间四处移动,仿佛漂浮在液体里。想同时移动里面的多少个球都可以,但整体始终会保持原样。伊诺克曾猜测这说不定是种计算器,但似乎不大可能,因为每个球都长得一模一样,没法辨认。至少人眼不行。有没有可能,他心想,迷雾族人就看得出哪个是哪个? 如果是计算器,是什么类型的计算器呢? 数学的? 道德的? 哲学的? 这也许有点好笑,谁听说过道德计算器或哲学计算器呢?不,应该说,人类又听说过多少东西? 这应该不是计算器,而是毫不相干的别的什么。也许是一种游戏——单人纸牌类?

如果时间充足,人类也许迟早会弄明白。但既没有时间、也没有必要在某一样物品上花费大量的时间,因为同样不可思议、无法理解的物品还有成百上千个。如果对着其中一个苦苦思索,头脑的一隅总会怀疑,这时间是否花在了最不重要的一件东西上。

博物馆疲劳症的受害者,伊诺克对自己说。他身边围绕着太多的未知之物,让人应接不暇,不知所措。

他伸出手,没有拿球,而是拿起了斗篷上发光的小瓶子。他将瓶子拿到眼前,发现玻璃(还是钻石?)上刻着一行字。他缓慢地辨认着。很久以前,他曾经可以阅读迷雾族的文字,虽然算不上流利,至少也还过得去。但他已经有些年没读过了,忘了不少,在一个符号上研究了好久,才跳到下一个符号。瓶子上的刻字大致是说:**症状出现时使用。**

这是一瓶药!症状出现时使用。也许症状来得太快、太急,药瓶的主人没能来得及把它拿出来就死了,从沙发上摔了下去。

他用几乎可以说是虔诚的动作将瓶子摆回斗篷上,放回它留下的浅浅压痕上。

他们和我们有这么多地方不同,伊诺克心想,然而在其他地方又如此相像,像到令人心悸。那瓶子和上面的刻字,完全是随便哪家街角药店开出的处方药的复刻版。

球组成的球体旁边是一个盒子,伊诺克伸手拿起了它。盒子是用木头做的,扣着相当简单的扣环。他翻开盒盖,看到了金属光泽,迷雾族人把这种材料当作纸张使用。

他小心地拿起第一张,发现它不是一张平整的纸,而是一长条风琴式折叠的金属材料。下面还有更多的折纸,显然都是同样的材料。

上面有字迹,模糊不清,伊诺克把它拿起来近看。

致我——,——朋友:(不过那词不是"朋友"。"至亲兄弟"或者"同僚"可能更准确。它前面的形容词则让伊诺克完全无法理解。)

上面的内容很难读懂。行文和他们语言的正式用法有相似之处,但显然处处体现出笔者的个性,处处委婉迂回,令含义隐晦不清。伊诺克缓慢地读下去,略过了许多内容,但也理解了这篇文字的大意。

笔者旅行去了别的星球,也可能是同一个星球上的其他地方。不管是其他地方还是其他星球,伊诺克并不认识目的地的名字。在那里,笔者完成了一些事务(虽然并不清楚具体是什么),那与他即将迎来的死亡有关。

伊诺克吓了一跳,又重新读了一遍那句话。尽管大部分内容都很难理解,这部分却写得清清楚楚。我即将迎来的死亡,笔者这样写道,不留任何理解错误的余地。每个词都很明白。

他敦促他的好(朋友?)也这么做。他说这令人释怀,使道路变得更清晰了。

之后就没有更多解释,也没再提到这件事。就只是一句平静的陈述,说他做了某件事,是他觉得为自己的死必须做的安排。就像是知道死期将至,不但并无胆怯,甚至毫不在意。

下一部分(文字没有分段)讲起他遇见了某个人,他们谈起了一件伊诺克完全不能理解的事,他不认识某个专业术语,读得一头雾水。

再之后是:(一个神秘符号,可以粗略翻译为法器)的最新守护者之平庸(无能?能力缺陷?软弱?)令我深深担忧,因为自上一任守护者去世后的(一个词,根据上下文判断,大概是指很长时间),法器并没得到很好的使用。实际上,已经有(又一个代表长时间的词)没有出现过真正的(感应者?),来实现它的存在价值。许多人经历了考验,谁都没有合格,而这样一个人物的缺席令银河系失去了与生命最高原则的紧密联系。我们(寺庙?神殿?)的所有人都十分担忧,如果民众与(好几个无法理解的词)之间没有恰当的联系,银河系将在混乱中走向覆灭(后面还有一句读不懂的话)。

下一句话换了新话题——为某种文化节日做的种种准备,里面提到的一个概念让伊诺克摸不到半点头绪。

他慢慢将信折好,放回盒子里。读了里面的内容,他隐隐感到不安,仿佛窥见了一段他无权打探的友情。信里说:我们寺庙的人。也许笔者是迷雾族的秘教徒之一,写给哲学家老朋友。其他信件恐怕也出自同一位秘教徒之手——死去的老迷雾族人如此看重这些信件,出门远行时也要带在身边。

伊诺克的肩膀上感到一阵轻风拂过。不是真的风,而是一种奇特的气流和寒意。

他回头瞥了眼长廊,没有任何动静,他什么也没看见。

风停止了吹拂,如果它真的吹拂过的话。瞬间出现,瞬间消失。像路过的灵魂,伊诺克心想。

迷雾族来客会在死后显灵吗?

织女星二十一的人在他去世那一刻就知道了,也清楚他去世前后的情况。遗体失踪的时候,他们也一清二楚。而信里平静地提及了笔者即将死亡这件事,比大多数人类所能表达的要平静得多。

有没有可能,迷雾族对生死的了解超过了外人知晓的范畴?又或者他们并无保留,曾经白纸黑字地写过,放在银河系的某个或多个存储库里?

那里有答案吗?伊诺克很想知道。

他蹲在地上想,也许有人已经弄清生命的意义何在,命运如何。这个想法带来一些安慰。一种奇怪的自我安慰。因为相信也许有些种族已经解开了宇宙的神秘方程式。也许那神秘的方程式与灵魂力有关,而灵魂力与时间、空间和其他基本力量不相上下,共同维系着宇宙。

他试着想象与灵魂力相连是什么感觉,却想象不出。他不知道那些与之建立了联系的人能否找到恰当的语言来描述。他心想,也许不可能。毕竟,一辈子都与时间和空间紧密相连的人,要怎么解释这两者意味着什么,生活在其中又是什么样的感觉?

他心想,尤利西斯并没把关于法器的全部真相都告诉他。尤利西斯说,法器消失了,银河系失去了它,但他没告诉伊诺克,法器的力量和光辉已经褪色多年,因为它的守护者没能在民众和灵魂力之间建立联系。在这段时间里,这种失败带来的腐败一直都在侵蚀银河系同盟间的纽带。无论现在正在发生什么,那都不是过去短短几年的事,它已经积累了很长时间,比大多数外星人所承认的还要久。不过,这么说来,大部分外星人恐怕都蒙在鼓里。

伊诺克关上盒盖,把盒子放回箱子里。总有一天,他心想,等他静下心来时，等这些事带来的压力不再让他情绪激动时，等窥探隐私带来的愧疚感过去，他会把这些信件准确、尽责地翻译出来。他确信，自己能通过这些信件，对这个引人入胜的种族建立更深的了解。也许等到那时，他心想，他就能对他们的人性做出更好的判断——不是说作为地球上的人类种族一员这种普通意义上的人性，而是把所有种族的概念中一定都有的某些行为准则作为基础，就像狭义的人性正是人类这一概念的基石。

他伸手要关上箱子，又迟疑了。

总有一天，他是这么想的。也许不会有那么一天了。他总是想未来"总有一天"，那是生活在驿站这个环境里才会拥有的心态。在这里，未来还有数不尽的日子会来临，永远都会有以后。一个人对时间的概念已经扭曲得面目全非，不再有理性可言，他可以安于现状地望着一条漫长的、几乎永无止境的时间之路。但现在一切都变了。时间可能会突然回到正轨。如果他离开驿站，本将不断持续的漫长岁月就结束了。

他重新打开箱盖，让它靠在架子上。他伸手拿出木盒，放到身边的地面上。拿到楼上去吧，他对自己说，和其他要带走的东西放在一起，万一要匆忙离开驿站，他可以直接带上。

万一？他问自己。还有疑问的余地吗？他难道不是已经做出了艰难的抉择？答案是怎么在不知不觉中占据了他的脑海，令他变得心意已决？

如果他做出了这个抉择,那也就意味着他同时做出了另一个抉择。如果他离开驿站,他就不可能再前往银河系中央局,恳求他们帮地球停止战争。

你是地球的代表,尤利西斯这么对他说。你是唯一一个有资格代表地球的人。但他真的能代表地球吗?他真的能够如实代表人类种族吗?他是生长于十九世纪的人,既然如此,他又怎么能代表二十世纪的人?他不知道,人类的特性在不同代际之间会有多大改变?他不但是十九世纪的人,还在特殊的例外情况下活了将近百年。

他跪坐在地,对自己的存在感到敬畏,同时也有一点怜悯,他不知道自己是否还能被称为人类,是否毫无察觉地吸收了太多外星的各种混杂视角,以至于成了某种诡异的综合体,某种怪诞的银河系混血。

他慢慢放下箱盖,关上箱子,将它推回架子的最底层。

他将装信的木盒夹到腋下,站起身拿上步枪,向楼梯走去。

31

　　他在厨房角落里找到一些空纸箱，开始打包。这些纸箱是温斯洛从城里给他送货时用的。

　　按顺序整齐摆好的记录簿一个大箱子装不下，他又装了另外半箱。他拿出一沓旧报纸，将壁炉上的十二个钻石瓶细心包好，放到另一个箱子里，四周垫得很厚，以防打碎。他从柜子里拿出织女星的音乐盒，同样细致地包装好。再从下一个柜子里拿出积攒的外星文献，装进第四个箱子。他过了一遍书桌里的内容，但这里没什么，只有抽屉里一些零碎的小物件。他找到了自己的图表，将它揉作一团，扔到桌边的废纸篓里。

　　他将已经装好的几个箱子搬到房间另一头，堆在门边，以便拿取。路易斯会准备卡车，但等他告诉路易斯需要卡车时，车可能还是要等一段时间才来。他对自己说，如果重要的东西都打包好了，他可以自己把它们搬到外面，等卡车来了就走。

重要的东西，他心想。谁又能衡量重要性呢？记录簿和外星文献当然是最重要的。但其他东西呢？哪些才是重要的？所有东西都很重要，每一件都应该带上。也许可以做到。如果有足够的时间，没有节外生枝，也许可以把一切都慢慢带走，包括房间里和地下室里存放的一切。那全都是属于他的，他有处理权，因为那都是送给他的礼物。但他很清楚，这并不意味着银河系中央局不会强烈反对他拿走其中的每一样。

如果事情发展到那一步，他必须想办法带走最重要的部分。也许他应该去一趟地下室，把那些他明白用途的、贴了标签的物品都拿上来。也许比起带走一大堆不明所以的东西，他更应该带走那些多少有所了解的东西。

他犹豫不决地站着，环顾房间。咖啡桌上有那么多小玩意，这些也该带走，包括露西启动的那个闪闪发光的圆球金字塔。

他注意到，"宠物"又爬下咖啡桌，掉到了地板上。他弯腰把它捡起来，捧在手里。与上次观察时相比，它又长了一两个疙瘩，现在泛着微弱、柔和的粉色，而上次他看的时候还是钻蓝色。

伊诺克心想，叫它"宠物"恐怕不太对。它也许并不是生物。就算是活的，那也是一种他无从揣测的生命形式。它不是金属，也不是石头，但与两者都很相似。锉刀对它没有任何影响，他曾经有一两次想用锤子敲敲它,看看会发生什么,但他打赌不会有任何效果。它会慢慢地生长,并且移动,但无法判断它是怎么动的。只要把它放在一边,过一段时间再回来,它的位置就会变——不多,只挪一点点。它知道什么时候有人在观察,在他盯着的时候从不移动。就伊诺克能判断的部分来看,它不进食,也不排泄。它会变色,但完全没有季节性,也看不出有什么变色的理由。

这是一两年前,来自人马座方向的某个生物送给他的。伊诺克还记得,那个生物十分特别,足以写进书里。他恐怕并不真的是一株会行走的植物,但外表看起来就是这样:一株相当孱弱的植物,既没浇够水,土壤也不够好,身上长出了许多一元店里卖的手镯,每动一动,这些手镯都会像上千个银铃般同时响动。

伊诺克记得,他曾问过对方,这个礼物是什么,但行走的植物只是碰撞手镯,让银铃声充满整个驿站,没有回答。

于是他就把礼物放在了桌子边上,几个小时后,人马座生物早已离开,伊诺克发现礼物挪到了桌子另一头。但这东西能移动似乎太荒谬了,最后他说服自己,只是他记错了放的位置。又过了许久,他才终于确认,这东西确实动了。

离开时,他要带走它,还有露西的金字塔,还有那个往内部看会播放其他星球景象内容的立方体。

他拿着"宠物"站在原地,第一次思考起自己为什么要打包。

他的举动好像在说,他已经决定离开驿站,比起银河系,他还是选择了地球。但是,他奇怪自己是什么时候、怎么做出的决定?一个人应当斟酌权衡再做决定,而他根本没有斟酌权衡过。他没有列出所有的优劣对比,尝试取得平衡。他没有深思熟虑。不知道怎么回事,不知道在哪里,答案偷偷溜进心里——原本看似不可能的抉择,现在却来得如此轻易。

他不禁怀疑自己是否无意识地吸收了外星的思考模式和道德准则,以至于在自己也不知道的地方进化出了新的思考方式。也许这种潜意识的思考方式一直没机会用上,到了眼下需要的时候才启动。

窝棚里还有一两个纸箱,他打算把它们都拿来,把选出的物品装好。然后去趟地下室,把贴了标签的东西都拿上来。他瞥了眼窗户,有些惊讶地发现太阳快下山了,必须抓紧时间。夜晚即将来临。

他想起没吃午饭,但没时间吃了。之后再说吧。

他转身把"宠物"放回桌上,耳边突然传来微弱的响声,不禁呆立当场。

那是物化机运作的轻响,他绝不会搞错。他听过那声音太多次了,不可能误听。

而且肯定是官方物化机,因为没人可以不事先发信息就旅行。

尤利西斯,他心想。尤利西斯又回来了。或者是银河系中央局其他成员。如果是尤利西斯,他会先发条信息过来。

伊诺克迅速迈前一步,这样就能望见物化机所在的角落,这时一个修长的黑色身影从目标圈里走了出来。

"尤利西斯!"伊诺克喊道,但就在话出口的一瞬间,他意识到那不是尤利西斯。

他瞥见一顶高帽、白色的领带和几条尾巴,还有一种饱含自信的气质,然后他看清对方是一只直立行走的老鼠,全身长满光滑的黑毛,有一张线条锋利的鼠类尖脸。一瞬间,它向伊诺克转过头来,双眼闪着红色的光。然后它向角落转回身去,伊诺克看到它抬起一只手,从腰间皮带上悬挂的皮套里抽出了什么东西,即便在阴影里也闪着金属光泽。

事情非常不对劲。这个生物应该跟他打招呼。它应该说你好,并走过来与他见面。然而,它只用发红光的眼睛瞥了他一眼,就转回角落去了。

从皮套拿出的金属物体只可能是枪,至少也是可以被当作枪支的某种武器。

伊诺克想,这就是他们关闭驿站的方式吗?一言不发,随手一枪,驿站管理员就死在地上。没派尤利西斯来,因为不相信尤利西斯能对多年的老朋友下手。

步枪还摆在书桌上,来不及拿了。

但老鼠似的生物并没有到房间里来。它仍然对着角落,持武器的手抬了起来。

伊诺克脑中警铃大作,他大吼一声挥动胳膊,将"宠物"掷向角落里的生物,吼声冲口而出。

因为他意识到,这个生物并非打算杀死管理员,而是要捣毁这座驿站。角落里能瞄准的只有控制集成台,维持驿站运转的神经中枢。如果集成台坏了,驿站就完了。若想让它恢复运转,必须从最近的驿站派一队技术员坐宇宙飞船来——这旅程长达数年。

伴着伊诺克的怒吼,那生物猛然回身,弯腰下蹲,"宠物"翻滚着飞过去打在它的肚子上,将它撞得靠到了墙上。

伊诺克冲了过去,张开双臂与它搏斗。枪从那生物的手里飞了出去,打着转在地上滑远了。然后伊诺克扑到了外星生物身上,随着身体急速接近,他的鼻腔里充满了对方的体味,那是股令人作呕的恶臭。

他用双臂紧紧抱住它,使劲一举,并没有想象中那么重。他强有力的拉扯将对方从角落里拽出来,转了半圈,甩到地上飞了出去。

它撞到一把椅子停下,然后仿佛钢铁弹簧般从地上跳起身,冲向地上的枪。

伊诺克猛跨两大步掐住它的脖子,将它举起来猛烈摇晃,晃得它捡回来的枪又再次飞了出去,用细皮带挂在肩上的袋子像震动的杵锤般不断敲击它毛茸茸的胸口。

臭气非常浓郁,浓到几乎显出了实体,伊诺克一边摇晃外星人,一边呛得喘不过气。突然间,臭气更强烈了,比之前强烈得多,伊诺克的嗓子眼里仿佛着了火,脑袋像被锤子重重敲击。仿佛被人一拳打在腹部,又压住了胸口。伊诺克放开外星生物,蹒跚着向后退去,双腿发软,频频作呕。他抬手挡脸,想把臭气赶开,好清理口鼻,揉揉眼。

透过一片朦胧,他看到外星生物站起身,一把抓起枪冲向门口。他没听清对方说了什么,但房门开了,它一头冲出去不见了。房门再度紧闭。

32

伊诺克摇晃着走向书桌，扶住桌子支撑身体。臭气逐渐消散，他的头脑恢复了清明，几乎难以相信刚刚发生的事。竟然会发生这种事。那个生物乘着官方物化机来了，但只有银河系中央局人员才有权走那条路线。而他相信，没有哪个银河系中央局人员会做那只老鼠似的生物做的事。同样的，那家伙知道开门口令。知道口令的只有伊诺克和银河系中央局的人。

他伸手拿起步枪，握住它在手里掂了掂。

不要紧，他心想。没有造成任何破坏。只不过现在有个外星人在地球上自由走动，这是不允许发生的事。外星人禁止接触地球。作为尚未得到银河系联盟承认的星球，这里不属于可以造访的区域。

他握着步枪，心里清楚必须找到那个外星人，将它驱逐出地球。

他大声念出口令，大步走向门口，出门后绕过房子的拐角。

外星人正沿着田野奔跑，很快就会抵达树林。

伊诺克拼命奔跑，但他刚跑过田野的一半，老鼠模样的目标就一头扎进树林，不见了踪影。

树林已经开始变暗。夕阳倾斜的光线还照在最上层的树冠上，但林地间已经聚集起阴影。

伊诺克冲入树林，一眼瞥见目标正沿着一处小山谷向下斜穿，冲上另一侧的斜坡，穿过一丛几乎有他半身高的茂密蕨丛。

伊诺克心想，如果它继续往那个方向走，也许就不必担心了，因为山谷后的斜坡顶端是一堆岩石，石堆所在的位置本就向上凸起，凸起后又结束在一段悬崖边，悬崖两侧都向内弯曲，所以凸起处和上面的石堆悬在空中，别无所依。如果外星人躲到石堆里，也许很难把他揪出来，但至少他会被困在里面，无处可逃。不过，伊诺克提醒自己，不能浪费任何时间，太阳要下山了，很快会漆黑一片。

他稍微向西转弯，绕过小山谷的入口，一直注意着逃跑的外星人。对方继续沿斜坡向上爬，伊诺克注意到这一点，猛然加快了速度。这样他就把外星人困住了。它慌不择路，跑到了无法掉头的地方。它没法再调转方向，从山崖凸起处退回来。很快，它会跑到悬崖边，之后便无路可走，只能躲在巨石堆里。

伊诺克奋力奔跑，跑过长满蕨类植物的区域，来到石堆下方约几十米的、角度更陡峭的山坡上。这里的地面植被不再那么茂密，只有三三两两的灌木丛和零星几棵树。脚下的林间沃土让位给了碎石，它们在多年的冬季霜冻中从巨石上剥落，沿着山坡一路滚到这里。此刻它们躺在这里，长满厚厚的苔藓，走在上面，一不小心就会滑倒。

伊诺克一边跑一边扫视巨石堆，但四下不见外星人的踪影。然后他余光瞥见了什么动静，于是一头扑倒在榛子树丛后，透过树丛看到了外星人被天空勾勒出的轮廓，它的头来回摇摆，扫视下方的山坡，武器半抬，准备随时开火。

伊诺克一动不动地躺着，伸出的手紧握步枪。一只手的指关节传来疼痛，他知道，自己是在扑倒时，被岩石蹭破了皮。

外星人在石堆里消失了，伊诺克慢慢把步枪拉回身边，以便需要开枪时方便操作。

不过，他不知道自己是否敢于开枪？他敢不敢杀死一个外星人？

之前在驿站里，当他被那可怕的臭气熏得分不清东南西北时，那个外星人完全有可能当场就要了他的命。但它没杀他，而是逃跑了。伊诺克心想，它是被吓得魂飞魄散，只剩下逃跑这个念头？还是对杀死驿站管理员这件事心有抗拒，就像他对杀死外星人有所抗拒一样呢？

他扫视上方的岩石堆，没有任何动静。他必须尽快爬上斜坡，伊诺克对自己说,再拖下去对他不利,却对外星人有利。要不了半小时就会天黑,天黑之前,必须解决这件事。如果外星人逃掉,再想找到它就难了。

他站在一边旁观的第二个自我问道:为什么这个突然闯入的外星人要你来解决? 你不是已经准备好将外星种族的存在告诉地球,并且在未经授权的情况下,将你有能力传授的外星传说和知识都悉数传给地球了吗? 你又何必要阻止这个外星人破坏驿站? 如果它成功了,驿站将与世隔绝许多年——如果是那样,你就自由了,可以随意处置驿站内现存的一切。让事态自然发展才是对你最有利的。

但我做不到,伊诺克在心里呐喊,我做不到,你看不出来吗? 你不明白吗?

左侧的灌木丛里传来一阵沙沙声,伊诺克回过神,端起步枪做好了准备。

是露西·费舍尔,离他不到六米。

"你快走!"他喊道,忘记了露西听不见。

而她似乎没有注意到。她指了指左侧,做了个横扫的手势,指向石堆。

快走,他不出声地说,快离开这里。

他挥手表示拒绝,让她赶紧回去,这里不是她该来的地方。

露西摇摇头,挺身蹿了出去,弓身小跑着向左侧移动,跑向上坡。

伊诺克手脚并用地爬起身,跟在她后面跑了起来。就在这时,他身后的空气传来煎什么东西似的嗞嗞声,臭氧的刺激性气味弥漫开来。

他本能地匍匐在地,看到斜坡下方有块土地蒸发沸腾起来,地表植物都被猛烈的热浪席卷一空,下面的土壤和岩石变成了汩汩冒泡的布丁。

是激光,伊诺克心想。外星人的武器是激光,狭窄的光束中凝聚着可怕的冲击力。

他定下神来,沿着山坡向上猛冲,扑倒在扭曲的白桦树墩后面。

空气又发出嗞嗞声,一阵热浪滚滚,臭氧的气味再次出现。这次是相对的斜坡上有土地蒸腾。尘埃飘下来,落在伊诺克的胳膊上。他飞快上瞥,看到白桦树墩的上半部分已经消失,被激光打成了灰烬。被烧断的树墩上悠悠升起几股细小的烟。

不管外星人在驿站时做了什么、没能做什么,现在它是来真的。它知道自己被逼到了绝境,下手毫不留情。

伊诺克紧紧匍匐在地,担心露西的安危。希望她平安无事。这个小傻瓜不该参与进来。这里没有她插手的余地。这么晚了,她根本不该到森林这边来。老汉克又该以为她被人绑架,出来找她了。伊诺克真是搞不清楚,露西到底是怎么回事。

暮色渐深。只有远处的树梢还照着最后几缕斜晖。一股凉气从下方很远的山谷传来,沿着小山谷向上蔓延,地面散发出潮湿的丰富气味。不知哪里的隐蔽山谷里,夜鹰发出哀怨的啼鸣。

伊诺克从白桦树墩后冲出来,沿着斜坡向上飞奔。他跑到事先选为路障的横木边,一头扑倒在后面。没发现外星人的踪迹,激光枪也没有再开火。

他观察着前方的地形。再跑两次就能冲到躲藏的外星人上方,一次的目的地是小石堆,另一次的目的地是巨石区域边缘。伊诺克心想,不知道到了外星人上方后要怎么办。

当然是冲下去,把它赶出来。

没办法制订计划,也没办法布置战术。一旦到了巨石堆边缘,他必须见机行事,抓住每一个可能出现的突破口。他不能杀死外星人,因此已经处于劣势,但他必须将对方捕获,无视它的挣扎、号叫,将它连拉带拽,拖回驿站的保护范围里。

也许,在这样的户外环境中,它无法像在驿站里那样有效使用臭气攻击,伊诺克心想。也许这会让事情容易些。他仔细观察巨石堆,从一端扫视到另一端,没有任何线索能确定外星人的位置。

他开始缓慢地蛇行向前,为下次冲刺做准备,动作十分谨慎,以免发出响动,暴露位置。

他的余光捕捉到一个沿斜坡快速靠近的阴影,于是迅速坐起身,一把挥起步枪。但他还没来得及掉转枪口,阴影就跳到他身上,将他整个人压倒在地,一只大手五指张开,死死捂住他的嘴。

"尤利西斯!"伊诺克发出模糊的声音,可怖的身影对他发出咝咝警告。

压在他身上的重量缓缓移开,捂嘴的手也撤走了。

尤利西斯示意巨石堆,伊诺克点点头。

尤利西斯无声无息地靠近些许,低头凑近伊诺克。他凑在地球人耳边,轻声说:"法器!法器在他手里!"

"法器!"伊诺克大声喊了出来,一边喊一边尽力把声音咽回去,想起不该发出任何声音,以免让上方的窥视者发现他们的位置。

上方的山脊上有块松动的石头掉下来,沿着山坡一路滚落,发出撞击地面的声音。伊诺克在横木后面匍匐得更低了。

"趴下!"他冲尤利西斯喊,"趴下!它有枪。"

但尤利西斯一手抓紧了他的肩。

"伊诺克!"他叫道,"伊诺克,快看!"

伊诺克霍地站了起来。天空的映衬下,两个黑色身影在石堆顶上缠斗。

"露西!"他大喊。

其中一个是露西,另一个则是外星人。

露西偷袭了它,伊诺克心想。该死的小傻瓜,她偷袭了它!外星人的注意力都放在监视斜坡上,露西趁机溜到它跟前,突然发起了攻击。她手里拿着某种棍子,也许是一根枯枝。她将棍子举在头顶,作势要砍,但外星人抓住了她的胳膊,她砍不下去。

"开枪。"尤利西斯用没有感情的平淡语气说。

伊诺克举起步枪,越来越深的暮色让他看不清瞄准镜。那两个人靠得那么近!他们太近了。

"开枪!"尤利西斯叫道。

"我做不到。"伊诺克抽噎着说,"太黑了,瞄不准。"

"你必须开枪。"尤利西斯说,语气紧绷而严厉,"你必须冒这个险。"

伊诺克再次举枪,瞄准镜显得比之前清晰了些。他知道,问题不在于黑暗,而在于他在那只踩着高跷走天下、不断啼鸣的生物所在的世界里,最初射歪的那一枪。既然他那时射歪了,现在他可能也会射歪。

瞄准器的准珠对上了类鼠生物的头,那颗头晃到了其他地方,又晃了回来。

"开枪啊!"尤利西斯大喊。

伊诺克扣动扳机,步枪猛咳一声,岩石顶端的生物僵立了半秒,脑袋只剩下一半,绽开的血肉碎片如黑色昆虫般,从半明半暗的西方天空中掠过。

伊诺克丢下枪趴倒在地,手指深深嵌入长满青苔的薄薄泥土,因为想到另外一种可能性而呕吐,因为感激事情并没有那样发展,感激在虚幻射击场的多年练习有了回报而全身发软。

多么奇怪啊,他心想,这么多毫无意义的小事就决定了我们的命运。步枪射击场原本毫无意义,与台球桌和纸牌游戏一样毫无意义——其目的只有一个,那就是让驿站管理员有所消遣。然而,是他在那里度过的时间造就了这个时刻、这个结果,这狭窄斜坡上的一瞬间。

呕吐物渗入了他身下的土壤,宁静感蔓延全身——树丛的宁静,林间土地的宁静,夜色来临的第一声轻叹的宁静。天空、繁星和这片空间仿佛都凑近了,呢喃着告诉他,他和它们本质上是一体。在这一瞬间,他仿佛触碰到了某种宏大真相的轮廓,为他带来了前所未有的安宁与宏伟感。

"伊诺克,"尤利西斯低声唤道,"伊诺克,我的兄弟……"

外星人的声音里有种隐隐的抽泣,这还是他有史以来第一次将地球人称为兄弟。

伊诺克撑着地面跪坐起来。那堆巨大的乱石上有一道柔和而奇妙的光,一道温和而轻柔的光,仿佛一只巨大的萤火虫打开了自己的灯笼,没有灭,而是持续发亮。

光芒在岩石间穿行,向他们走来,伊诺克看见露西与光芒同行,仿佛手里提着一盏提灯。

尤利西斯从黑暗中伸出手,紧紧抓住了伊诺克的胳膊。

"看见了吗?"他问。

"嗯,看见了。那是……"

"是法器。"尤利西斯说,语气里充满欣喜,嗓子里喘着粗气,"她就是新一任的守护者,我们多年来一直搜寻的人。"

33

　　你不可能对此习以为常。三人在树林中穿行,伊诺克对自己说。你没有一刻不会感觉到它。你想把它紧紧抱在怀里,并永远这样抱下去,就算它不见了,你也永远不可能忘记它。

　　没有语言可以形容它——母亲的爱、父亲的骄傲、情人的爱慕、战友的亲密,它是以上所有的总和,并超越了总和。它能让最遥远的距离变近,让复杂变简单,它能将所有恐惧与悲伤一扫而空,尽管一种深沉的悲伤是它与生俱来的一部分,因为一个人会觉得自己这辈子永远不会再遇到这样的瞬间,觉得下一秒就会失去它,穷尽一生也无法再次得到它。但事情并非如此,因为这上升的一瞬间将不断持续。

　　露西走在两人中间,双臂将装有法器的袋子紧紧地抱在胸前。伊诺克看了她一眼,她在柔和光芒照耀下的模样让他联想起抱着心爱小猫的小女孩。

"一个世纪以来,"尤利西斯说,"也许是很多个世纪以来,也许是有史以来,它的光芒从来没有如此灿烂过。我自己都想不起上次这样是什么时候了。很美妙吧?"

"嗯。"伊诺克说,"很美妙。"

"这下我们将再次融为一体,"尤利西斯说,"我们将再次感知。我们将是同族,而不是许多不同种族。"

"之前拿着它的那个生物……"

"它很聪明。"尤利西斯说,"它拿法器当人质。"

"这么说,是它偷的。"

"我们也不清楚来龙去脉。"尤利西斯对他说,"当然,我们会查清楚的。"

三人在林中默默前行,在目所能及的东方,树顶上的天空中出现了一抹光晕,昭示着月亮即将升起。

"还有一件事。"伊诺克说。

"你问吧。"尤利西斯说。

"那家伙是怎么带着法器到这里来,却不感觉——什么感觉都没有?如果那家伙有感觉,就不会偷走它了。"

"数十亿中只有一个人,"尤利西斯说,"能够——怎么说呢——与法器同频吧。如果是你我,不会发生任何事。它不会对我们起反应。我们可以把它拿在手里，无论过多久，都不会有事情发生。但那数十亿之一的人只要往上放一根手指，它就会活过来。有一种默契，一种感应——我不知道该怎么解释——能在这个奇怪的机器和宇宙的灵魂力之间架构桥梁。你要明白，并不是机器自己接收了灵魂力。是生物的心灵在机器的辅助下，将灵魂力带给我们。"

一台机器，一种机械，不过是工具罢了——与锄头、扳手、锤子都是技术上的兄弟。然而，它与那些工具的区别，就和人类大脑与地球幼年时出现的第一个氨基酸分子一样悬殊。伊诺克心想，他很想说这就是工具所能达到的最高境界，是所有生物大脑所能拥有的智慧的终极形态。但这种思考方式很危险，因为也许并不存在一个极限，也许并不存在所谓的终极形态，也许，没有任何生物或群体会在某一个点上停下来，说我们只能走到这里，再努力前进也只是徒劳罢了。每一项新的进步都会带来副作用，带来无穷的可能性，带来无数可以选择的路线。在某条道路上踏下的每一步，都会开启更多可走的新道路。永远不会有尽头，伊诺克心想，无论什么都不会有尽头。

他们走到了田野边缘，即将穿过田野，走向驿站。地势较高的另一侧传来奔跑的脚步声。

"伊诺克！"一个声音在黑暗中喊道，"伊诺克，是你吗？"

伊诺克分辨出了这个声音。

"是我，温斯洛。怎么了？"

邮差从黑暗中冲了过来，在即将进入光芒的地方停住脚，跑得气喘吁吁的。

"伊诺克，他们来了！有两车人。但我给他们使了绊。在大道拐弯处，和你家小路相连的地方——你知道，就是那个很窄的地方，我沿着车辙倒了两磅的瓦钉。这能耽搁他们一会儿。"

"瓦钉？"尤利西斯问道。

"是一群暴徒。"伊诺克告诉他，"他们都是冲着我来的。钉子就是……"

"哦，我明白了。"尤利西斯说，"让轮胎泄气。"

温斯洛缓缓迈近一步，眼神紧跟着法器从袋子里发出的光。

"那是露西·费舍尔吧？"

"没错。"伊诺克说。

"她爹刚才还咆哮着来镇上，说她人又不见了。那之前大家都还挺平静，没什么事。可是老汉克又把大家给说激动了。所以我就去了趟五金店，买了瓦钉，赶在他们前头来了。"

"这群暴徒是？"尤利西斯问，"我不……"

温斯洛打断了他，上气不接下气地急着把知道的都说出来，"人参猎人在上头，在门前等你。他带了辆送货车。"

"那是路易斯，"伊诺克说，"来送迷雾族遗体。"

"他很不高兴。"温斯洛说，"他说你知道他会来。"

"也许，"尤利西斯建议道，"我们不该就这么站着。依我愚见，有许多地方都出现了危机。"

"话说,"邮差喊道,"这是怎么回事？露西拿着的是什么玩意儿,这家伙又是谁?"

"回头再说。"伊诺克对他说,"我以后再告诉你。现在没时间了。"

"可是,伊诺克,那帮暴徒要来了。"

"交给我吧。"伊诺克严肃地说,"必要的时候我会对付他们。现在有更重要的事情要解决。"

四人一起跑上山坡,在齐腰高的野草丛中艰难跋涉。前方的驿站在夜空衬托下漆黑挺拔。

"他们就在下面的岔路口。"温斯洛边跑边喘着粗气说,"山脊底下的那道闪光,就是汽车车灯。"

几人到了院口,继续向房子跑去。巨大的黑色送货车在法器的光芒下发亮。一个身影从卡车的影子里走出来,快步接近。

"是你吗,华莱士?"

"对。"伊诺克说,"抱歉我不在家。"

"我到了这儿,发现你没在家等我,"路易斯说,"这让我有点不高兴。"

"出了意外。"伊诺克说,"必须处理的意外。"

"尊贵之人的遗体呢?"尤利西斯问道,"在卡车里吗?"

路易斯点点头,"很高兴能平安送回来。"

"我们必须把他抬到果园。"伊诺克说,"车开不进去。"

"上一次,"尤利西斯说,"是你把他抬进去的。"

伊诺克点点头。

"我的朋友,"外星人说,"不知道这一次,是否能让我来负责这项荣幸的任务。"

"哦,可以啊,当然。"伊诺克说,"他会很乐意的。"

他还有话想说,到嘴边又咽了回去,因为此刻不合时宜——他想感谢对方为自己免除了赔罪到底的必要性,感谢对方展现的姿态令他从法律的条条框框中解脱出来。

温斯洛在他身边说:"他们来了。我听见了,他们在大路上。"

他说得对。

大路上隐约传来踏着尘土前进的脚步声,不慌不忙,没有着急的必要,仿佛一个怪物故意侮辱性地放慢脚步,对猎物有十成十的把握,因此没必要追赶。

伊诺克转身半举起枪,瞄准黑暗中脚步声的方向。

尤利西斯在他身后轻声说:"也许,最恰当的做法是让恢复力量的法器照耀着他,在没有遮挡的灿烂光芒中,将他送回墓地。"

"她听不见你说话。"伊诺克说,"别忘了,她是个聋子。你得用动作示意她。"

但他话音还没落,一道耀眼的光线就一跃而出,亮得让人睁不开眼。

伊诺克发出一声压抑的惊叫,半转回身,望向卡车边的那几个人,看到原本装着法器的袋子落在露西脚边,她将明亮的光芒骄傲地高高举起,照亮了整个院子和古宅,还有一部分照到了田野上。

四下一片静寂。整个世界仿佛都屏住呼吸,聚精会神,敬畏不已,等待着一个声音,那声音没有来,也永远不会来,但将永远受人期待。

与静寂共同降临的还有一种恒久不散的安宁,似乎沁入了一个人存在的每一分。那并不是种生造出来的东西——比如有人渴求和平,然后通过忍受苦难让和平得以存在。那是种聚焦当下的、实实在在的安宁,是漫长而炎热的一天结束后的静谧日落,或是四下闪闪发光、如梦似幻的春日黎明。你能感觉到它在你体内,也在周围包裹着你,你会感觉它不仅在这里,同时也向四面八方不断延伸,一直延伸到无限的最远处,其深度足以让它永远持续,直到所有的永恒吐完最后一口气。

伊诺克渐渐想起身在何处,转回身面对田野。一帮男人站在法器光芒的范围边上,朦胧的身影紧紧凑在一起,像得到教训的狼群蜷缩在篝火光芒的边缘。

在他的注视下,他们渐渐退去,身影重新消散在之前踏着土路走来的深沉夜色里。

有个人转身拔腿就跑,在黑暗中冲向下坡的森林,像受惊的狗一样发出疯狂的吠叫。

"那是汉克。"温斯洛说,"跑下山的是汉克。"

"很抱歉我们吓到他了。"伊诺克冷静地说,"没有人应该被这东西吓到。"

"他怕的是他自己。"邮差说,"他一直带着恐惧生活。"

确实如此,伊诺克心想。人类就是这样,向来如此。他也一直怀揣着恐惧生活。而他所恐惧的,一直都是他自己。

34

遗体送回坟墓,墓穴填好了土。五个人静立片刻,听着月光下苹果园里无休止的风。远处,在河谷上方的山谷里,夜鹰在夜晚的银辉中互相交谈。

伊诺克试图借月光阅读墓碑上当初匆匆刻就的铭文,但光线太暗了。倒也没必要读,他记得上面写了什么:

此处安息着一位远星来客,但此处并非异乡,在死亡中,他归于宇宙故土。

就在前一天晚上,迷雾族大使曾对他说:当你写的时候,你仿佛是我们族群的一员。伊诺克没告诉织女星人,他错了。这并不是织女星人独有的情感，人类也同样拥有。

铭文凿得十分粗糙，还有一两处拼写错误，迷雾族的语言实在很难掌握。他用的石料比墓碑常用的大理石和花岗岩更软，这些刻字不会持久。再过几年，阳光、雨水和霜冻的风化作用，就会使铭文变得模糊不清，之后再过几年，它们就会完全消失，只剩下石头上的坑洼痕迹，证明那里曾经刻过字。但那不重要，伊诺克心想，因为这些文字并不只是刻在了墓碑上。

他抬头望向坟墓对面的露西。法器重新装回了袋子，光芒柔和多了。她又将袋子紧紧抱在胸前，脸上仍然神采飞扬，心不在焉，仿佛不再生活在现世，而是进入了另一个空间，另一个遥远的维度，她独自住在那里，忘却了过往的一切。

"你觉得，"尤利西斯问他，"她会愿意跟我们走吗？我们能带走她吗？地球会不会……"

"地球不会说什么。"伊诺克说，"我们地球人都是自由人。选择权在她。"

"你觉得她会愿意走吗？"

"我觉得会。"伊诺克说，"我想，她此生也许一直在寻觅这个时刻。也许她早已有所感觉，就算没有法器。"

因为露西始终能感知到人类感知范围之外的什么。她有一种其他人类都没有的特质。人类感觉到了，但无法给它命名，因为她具有的这个特质没有名字。她摸索着了解它，尝试着使用它，却不知道该怎么用。她让皮肤疣掉落,治好了受伤的可怜蝴蝶,只有老天才知道她在没人看见的地方还做过什么。

"她父母呢?"尤利西斯问,"那个号叫着逃跑的人?"

"交给我吧。"路易斯说,"我去和他谈谈。我挺了解他的。"

"你要带她一起回银河系中央局?"伊诺克问。

"如果她愿意的话。"尤利西斯说,"必须立刻通知中央局。"

"然后走遍整个银河系?"

"没错,"尤利西斯说,"我们非常需要她。"

"有没有可能,把她借给我们一两天?"

"借给你们?"

"对。"伊诺克说,"我们也需要她。比任何人都更需要。"

"当然可以,"尤利西斯说,"但我不……"

"路易斯,"伊诺克问道,"你觉得有可能说服我们的政府——比如国务卿吧,任命露西·费舍尔为和平会议代表团的成员吗?"

路易斯结结巴巴地说了几个字,住了口,又重新开口:"我想有这样的可能性。"

"你能想象,"伊诺克问道,"这姑娘带着法器,在会议谈判桌上会产生什么样的影响吗?"

"我想我可以。"路易斯说,"但国务卿无疑会想先和你谈一谈,再做决定。"

伊诺克转向尤利西斯,但他不必问出口。

　　"没问题。"尤利西斯对路易斯说,"告诉我什么时候,我会参加这次会面。你可以顺便跟这位国务卿提一句,也许现在开始组建全球委员会,是个不错的主意。"

　　"全球委员会?"

　　"以便安排地球加入我们一事。"尤利西斯说,"我们总不可能接受一个来自外部星球的守护者吧?"

35

月光下,巨石堆发出惨白的光芒,仿佛史前野兽的骨架。这里临近河流上方的悬崖边缘,高大的树<u>丛</u>变得稀疏,山崖凸起袒露于天空之下。

伊诺克站在巨石边,低头望着岩石间蜷缩的人影。可怜的、一败涂地的小偷,他心想。死在离家这么远的地方,在这小偷自己看来也死得毫无意义吧。

不过,它可能并不可怜,也算不上一败涂地,毕竟在那颗粉碎到无法复原的脑袋里,想必曾经有过宏伟的计划——如果用地球人物打比方,那就是亚历山大、薛西斯一世和拿破仑也许曾拟订过的计划,梦想着了不起的力量,愤世嫉俗地谋划,无论付出什么代价也要把目标拿到手里,紧抓不放。这计划的尺度如此宏大,以至于屏蔽并无视了所有道德上的考虑。

他想象了片刻那是怎样的计划，但即便是在试着想象的过程中，他心里也清楚这样做有多么愚蠢，因为其中一定有他想不到的因素，理解不了的考虑。

但不论细节如何，计划终究出了差错，因为在这个计划里，地球不过是遇到麻烦时的藏身之所。那么，这个生物此刻躺在这里，就是绝望的结果，是失败的最后一搏。

伊诺克心想，讽刺的是，最关键的失败因素就在于这生物把法器带到了感应者身边，而且是在一个没有人想过要到这里寻找感应者的星球上。现在回想起来，露西一定是感觉到了法器，如同某些金属受到磁铁吸引一样地被它吸引而来。她也许并不明白其他事情，只知道法器在这里，她必须要拿到，这是她在孤独人生中一直等待的东西，只是一直不知道它是什么，也不抱希望能找到。就像孩子突然看到圣诞树上闪闪发光、耀眼夺目的装饰球，心知那是地球上最壮丽的东西，并且一定是属于她的。

伊诺克心想，躺在地上的这个生物一定能力卓群、足智多谋。要偷走法器想必需要极高的能力和足智多谋，它还把法器藏匿了这么多年，并深入接触到银河系中央局的秘密和文件。伊诺克不禁好奇，如果法器一直有效运作，还会出这种事吗？如果法器充满活力，那道德上的松懈和贪婪的驱使，还会引发这种行为吗？

但一切都结束了。法器恢复了生机，新的守护者也找到了：来自地球的聋哑姑娘,人类中最卑微的个体。和平将降临地球,很快,地球也会加入银河系的大家庭。

没问题了,他心想。不需要再做什么决定了。露西从所有人手中接过了做决定的重担。

驿站会继续存在下去,他可以打开纸箱,把记录簿重新摆回架子上了。他可以回到驿站,好好安顿下来继续工作了。

对不起,他对蜷缩在石堆中的身体默念,很抱歉对你下手的是我。

他转过身,走到悬于河水上方的悬崖边。他抬起步枪,一动不动地举了片刻,然后向外一抛,看着它旋转着掉下去,枪管上闪烁着月光,入水时激起一股极小的水花。河水在下方很远的地方流淌着,发出得意满足的汩汩声,流过悬崖,流向地球上的远方。

地球将会迎来和平,他心想。不会再有战争了。有露西参加会议,没人还会想打仗。就算有些人会因为内心的恐惧号叫着逃开,恐惧和内疚强烈得胜过了法器带来的荣耀和安宁,也不会再有战争了。

但要让真正的和平之光永驻人类心中,要走的路还很长,又长又孤独。

等到不再有人会号叫着跑远,因恐惧而发狂(无论是哪种恐惧),世上才会有真正的和平。只要还有一个人尚未丢掉手中的武器(无论是何种武器),人类族群就仍将陷于征战。而步枪是地球所有武器里最不足道的一种，伊诺克告诉自己。它是人类对手足同胞展现出的非人性中最不起眼的那一种，不过是其他更致命的武器的象征。

他在悬崖边缘坐下来，眺望着河流对岸林间山谷漆黑的阴影。没了步枪，他的双手感到异常空虚，但不知怎么，也许就在附近某个地方，他似乎踏入了另一个时间领域，仿佛一个时代已经过去，他来到了一个没有被任何过去犯下的错误玷污过、闪闪发亮的全新之地。

河流在下方奔涌而过，河流并不在乎。对河流来说，一切都不重要。它接受长毛象的象牙，剑齿虎的颅骨，人类的肋骨，沉没的死树，扔下的石头或步枪，将一切吞没，将一切掩埋在泥沙中，从上面汩汩流过，将它们隐匿于世。

百万年前，这里并没有什么河流，百万年后，这里也许也不会有河流——但再过一百万年，这里仍然会有人，就算不是人类，也是一种会在乎的造物。伊诺克告诉自己，那就是宇宙的奥秘——它永远在乎。

他缓缓转身离开悬崖，爬过巨石堆，向山上走去。他听见小动物在落叶间匆忙穿行的脚步，有一只惊醒的鸟睡意蒙眬地啾啾叫了几声，整座森林都笼罩在那道明亮光芒的和平与安宁里——不再像光芒还在这里时那么深沉、明亮而美好，但感觉余温尚存。

他来到树林边缘，爬坡穿过田野，驿站在他面前的山脊上坚定不移地站着。它看起来不仅是驿站，也是他的家。许多年前，它曾是他的家，除此以外并无其他。后来，它变成了银河驿站。而现在，虽然它仍然是驿站，但它又变回了家。

36

　　伊诺克走进驿站，里面很安静，安静得有一点可怕。书桌上点着灯，咖啡桌上的球体金字塔发着五颜六色的光，仿佛在兴旺的二十年代曾将舞厅变为魔法之地的水晶球。闪烁的彩色光点在房间里四处飞舞，像色彩鲜艳的萤火虫组队跳着狂野的舞蹈。

　　他犹豫不决地站了片刻，不知道该做什么。好像缺了什么东西。他一瞬间想起来了。这么多年，步枪一直挂在木钉上，或者摆在书桌上。现在，步枪不在了。

　　安顿下来，他对自己说，回去工作吧。他要拆开纸箱，把东西都放回去。他要补写日志，把没读的报纸读完。要做的事太多了。

　　尤利西斯和露西在一两个小时前就启程前往银河系中央局了，但法器留下的感受似乎仍在室内徘徊。不对，伊诺克心想，也许不是在室内，而是在他心里。也许他无论走到哪里，这种感受都将永远存在。

他缓步走过房间，在沙发上坐下。球体金字塔在他面前挥洒着透明的斑斓色彩。他伸手要拿金字塔，又慢慢把手收了回来。他扪心自问，再摆弄它又有什么用呢？既然这么多次的观察都没能揭开它的秘密，现在又有什么不同？

是个漂亮摆设，他心想，但毫无用处。

他想起露西，不知道她怎么样了。但他也知道，她不会有问题的。伊诺克对自己说，无论她去哪里，她都会好好的。

他不能继续在这里坐着，该回去工作了。有好多事要做。他的时间不会再属于他一个人了，地球会不断来敲门，会有很多会议，很多人要见，还有很多其他事。再过几个小时，报纸记者也许就会来。但在此之前，尤利西斯会回来帮他的忙，也许还不止他一个。

再稍坐一会儿，他就去简单做点吃的，吃完就去工作。如果工作到深夜，他能完成不少事情。

他对自己说，孤独的夜晚适合工作。现在他就很孤独，但本来不应该孤独的。短短几个小时前，他还以为自己是孤军作战，但现在已经不是了。他有了地球和银河系，露西和尤利西斯，温斯洛和路易斯，还有苹果园里的老哲学家。

他站起身走到书桌前，拿起温斯洛为他雕刻的小雕像。他将雕像拿到台灯下,在手里慢慢旋转。他看到雕像身上也散发出一种孤独感——独自行路之人标志性的孤独感。

以前,他必须独自行走,没有其他可能;没有其他选择。这一直都是一个人的工作。而现在,这份工作——不,还没有完成,还有很多事等着他做。但第一阶段已经结束,第二阶段即将开始。

他把小雕像放回桌上,想起还没把右枢旅客送的木头交给温斯洛。现在他可以告诉温斯洛,这些木头都是从哪儿来的了。他们可以一起翻阅日志,找到每块木头的日期和产地。这一定能让老温斯洛开心不已。

伊诺克听到丝绸摩擦的沙沙声,猛然转身。

"玛丽!"他喊道。

她站在灯光将将消失的阴影里,球体金字塔发出的舞动色彩让她看起来仿佛是从仙境里走出来的。这就对了,他头脑混乱地想,失去的仙境又回来了。

"我非来不可。"她说,"你很孤独,伊诺克,我无法置之不理。"

她无法置之不理——这也许是真的,伊诺克心想。他设立的条件里也许包括一种不由自主的强烈渴望,让她在被人需要时出现。

这是个僵局,他心想,他们两人谁也无法摆脱。这里没有自由意志可言,只有他亲手铸就的盲从机制,精准得不分青红皂白。

玛丽不该来见他,两人对此都心知肚明,但她无法控制自己。伊诺克心想,会不会一直这样下去,永远走不出这个死胡同?

他僵硬地站着,为她的渴望和她并非现实存在的虚无性而痛苦不已。玛丽走了过来。

她靠得很近了,下一秒就会停下,因为她和伊诺克一样清楚不成文的约定:他们两人都无法直面一切只是虚幻的事实。

但她没有停下。她走到离他近在咫尺的地方,近得他能闻到她身上的苹果花香。玛丽伸出一只手,搭在他的胳膊上。

那不是虚幻的触摸,摸他的也不是虚幻的手。他能感觉到她手指的压力,还有肌肤的凉意。

伊诺克一动不动地站着,玛丽的手搭在他的胳膊上。

闪烁的灯光!他心想,球体金字塔!

他终于想起了送金字塔的是谁——阿尔法星系中一个离经叛道的种族。他也正是从这个种族的文献中学到了仙境的技术。他们想帮他的忙,把金字塔送给了他,但他没能理解。他们的沟通失败了——这是很容易发生的事。在银河系的巴别塔中,很容易产生误会,或者根本无法沟通。

球体金字塔是个奇妙又简单的机器。它是一种消除幻觉的固化器,能将仙境化为现实。你想要什么就创造什么,然后打开金字塔,创造的东西就会属于你,真实得仿佛从来不曾是幻觉。

不过,伊诺克心想,在有些事上,你骗不了自己。你明白那本来是幻觉,只是现在变成真的了。

他试探着伸出手,但玛丽放开他的胳膊,缓缓退后一步。

在沉默中——可怕、孤独的沉默——两人面对面站着,球体金字塔转动着永久持续的彩虹,彩色光点仿佛嬉闹的老鼠般四处跑动。

"对不起。"玛丽说,"这样不好。我们不能骗自己。"

伊诺克无言以对,心生羞愧。

"我一直在等这一天,"玛丽说,"我一直想着,做梦也会梦到。"

"我也是。"伊诺克说,"我从没想过这会发生。"

当然,一切就这么结束了。如果不可能发生,那就是可以梦想的东西。很浪漫,很遥远,也不可能实现。也许正是因为如此遥远,如此不可能实现,它才会浪漫。

"就像娃娃活了过来,"玛丽说,"或者一只饱受宠爱的泰迪熊。对不起,伊诺克,但你不可能爱上一个突然活过来的娃娃或泰迪熊。你会永远记得它们以前的样子。被人画上笑脸,笑得傻乎乎的娃娃,填充材料漏出来的泰迪熊。"

"不!"伊诺克喊道,"不!"

"可怜的伊诺克。"玛丽说,"这对你来说太糟糕了。我多希望能帮你的忙啊。你还要带着这个事实活那么久。"

"可你呢!"他喊道,"你呢? 你又该怎么办?"

他心想,鼓起勇气的是玛丽。是她有面对事实真相的勇气。

他不明白,她是怎么感觉到的? 她怎么可能猜得到呢?

"我会离开。"玛丽说,"我不会再来了。就算你需要我,我也不会再来了。没有别的办法。"

"但你不能离开。"伊诺克说,"你和我一样被困住了。"

"这是怎么发生在我们身上的,"玛丽说,"这不是很奇怪吗?我们都是幻觉的囚徒……"

"可是你,"伊诺克说,"你不是。"

玛丽严肃地点点头,"我也是,和你一样。你无法爱上自己制作的娃娃,我也无法爱上造玩具的人。但我们都以为自己可以。我们现在仍然认为这是应该的,当我们发现做不到,就变得内疚又痛苦。"

"我们应该试试。"伊诺克说,"只要你留下来。"

"最后以恨你告终?或者比那更糟,你会恨我。我们还是保持愧疚和痛苦吧。那总比仇恨好。"

她的动作很迅速,球体金字塔被她拿在手里,举了起来。

"不,不行!"伊诺克喊道,"不,玛丽……"

金字塔旋转着在空中闪过一道光,撞到了壁炉上。闪烁的灯光熄灭了。有什么——玻璃?金属?石头?——在地上叮当作响。

"玛丽!"伊诺克叫道,在黑暗中大步向前。

但那里没有人。

"玛丽!"他喊道,声音中带着呜咽。她离开了,不会再回来了。

就算他需要她,她也不会再回来了。

他静静地站在黑暗与寂静里,长达一个世纪的人生似乎在用无声的语言对他耳语。

万事皆难，它说。没有什么是容易的。

先是住在同一条街上的农家姑娘，然后是注视着他经过门前的南部美人，现在是玛丽。她们都永远地离开了。

他步履沉重地转身向前走，摸索着寻找书桌。他摸到桌子，点亮了台灯。

他站在桌边，环视房间。他所站的这个角落原本是厨房，而摆放壁炉的地方曾是客厅，一切都变了样——已经变了很久。但他仍能看见它本来的样子，仿佛就在昨天。

那些日子都已消逝，连带其中所有的人。

只剩下他自己。

他失去了自己的世界。他把自己的世界抛在了身后。

同样的，就在今天，其他所有人也一样——其他所有活在此刻的人类。

他们也许还不知道这件事，但他们也已经将自己原本的世界抛在了身后。世界再也不会是原来的模样。

你会向许许多多的东西告别；向许许多多的爱告别；向许许多多的梦想告别。

"别了，玛丽。"伊诺克说，"请原谅我，上帝保佑你。"

他在桌前坐下，将摊在桌上的记录簿拉到面前。他翻开记录簿，翻到必须补完的那一页。

他还有事要做。

现在，他准备好了。

他已经道完了最后一声告别。